www.united-pc.eu

Die Schachtel des Ursprungs
von Roland Döring

1

Ich saß wie jeden Abend an meinem Küchenfenster. Das Abendessen, daß ich für meine bessere Hälfte und meine Wenigkeit zubereitet hatte, war fein wie immer. Ella hatte nie einen Grund zum Nörgeln. Gut, daß wir beide denselben Geschmack haben, nur bei Pilzgerichten oder bei Pasta treffen zwei Welten aufeinander. Ella liebte Pilze, egal ob geschmort, gedünstet oder auf irgendeinem Bollen Fleisch; doch am liebsten als Suppe. Auch das ganze Hausmacherzeug wie Blut- und Leberwurst, eben alles aus ihrer Kindheit. Nudeln hätte sie mir aufs Haupt geschüttet, natürlich nur symbolisch gesehen. Heute hatte ich nicht zweierlei kochen müssen, das mußte ich eher selten.

Es gab einen vor Fett triefenden Gänsebraten mit Semmelknödeln und Rotkraut aus dem eigenen Garten, auf den Ella immer besonders stolz war, und dieser Stolz war nicht unbegründet. Das Gemüse aus dem Garten war mit diesem Dosenzeug einfach nicht zu vergleichen, und außerdem zählte so ein Vogel zu unseren Leibgerichten, vor allem an unserem ersten Urlaubstag. Es war einfach ein Festessen.

So saß ich jetzt an meinem Küchenfenster und rauchte zur Verdauung eine Zigarette. Die Küche – der einzige Raum in dem das Rauchen erlaubt war. Diese Initiative ging von mir selbst aus. Als Ella einen Hustenanfall hatte, wurde mir bewußt, daß es besser wäre nicht mehr in der Stube zu rauchen. Für heute Abend war nur noch das Spiel und die Flimmerkiste angesagt: Bayern München gegen die alte Dame Juventus; darauf hatte ich mich schon die ganze Woche gefreut.

„Macht's dir was aus? Heute Abend spielt Bayern!"

„Da wäre ich nie darauf gekommen, wie oft hast du das diese Woche schon erwähnt? Dreißigmal, oder waren es vierzigmal?"

Ella war es vollkommen wurscht, ob Fußball kam oder nicht. Jeder meiner Freunde hätten mich beneiden können.

„Schau du dein Fußball, ich muß sowieso noch bügeln!"

Sie lächelte mich an, schnappte ihren Wäschekorb und ging nach oben, jetzt konnte ich den Wohnzimmersessel besetzen. Noch 2 Minuten bis zum Match, nur noch die Wettervorhersage.

„Schaaaaaatz, was kommt denn bei mir oben in der Glotze?" Ich studierte noch einmal kurz die Fernsehzeitung.

„RBB und WDR bringen in 20 Minuten einen Tatort, aber ich glaube den haben wir schon gesehen, und auf Ö1 kommt so ein bescheuerter Kriegsfilm, der wird wie alle Kriegsfilme beschissen sein, aber wenn du noch wartest – in 10 Minuten fängt auf NDR Don Camillo an."

Ella liebt Don Camillo.

„Das ist doch der, in dem..."

„Ja genau, der ist das!"

Ich hatte die Lautsprecher schon fast voll aufgedreht, der Atmosphäre wegen, von Ella hörte ich nicht mehr viel, aber das wußte sie. Noch mal alles durchgecheckt: Bier? Erdnüsse? Alles vorhanden, noch ein kleiner Besuch auf der Toilette

„Ella, alles in Ordnung?"

Keine Antwort, also steht dem imaginären Stadionsbesuch nichts mehr im Weg. Die Durchreiche, die das Eßzimmer mit der Küche verbindet, steht während eines Fußballspiels grundsätzlich offen, damit man beim Rauchen den Verlauf des Spiels von der Küche aus verfolgen kann. Während des Matches kann man nicht weg.

Endlich ein Foul, circa vierzig Meter vor dem gegnerischen Elfer, raus aus der Stube, ab in die Küche und einen Happen Nikotin zu sich nehmen. Sollte einmal Halbzeit sein, und die Jungs auf dem Fußballplatz machen Pause, konnte ich die 15 Minuten nutzen, um die tolle Aussicht aus dem Fenster zu genießen. Im Spätherbst und im Winter war sie besonders schön; wenn sich die Kondensstreifen der landenden und startenden Flugzeuge der nahe liegenden Rollfelder der Großstädte sich mit dem Lila und Dunkelrot der untergehenden Sonne vermischte. Oft konnte ich mir schlecht vorstellen, daß sich die Flieger nicht gegenseitig rammten, denn die Nähe ihrer Nachbrennerspuren befanden sich beängstigend dicht beieinander. Vor lauter nach oben und unten schauen hatte ich das Match vergessen. Bayern hatte knapp verloren, sei's drum. Ich stopfte mir noch eine

Zigarette, stützte meinen Kopf auf die Handflächen und unterstützte diese Faulheitsstellung mit meinen Ellenbogen.

Plötzlich und vollkommen unerwartet sah ich einen grellen Blitz. Was war das? Dieser Blitz war sicher nicht normal. So etwas hatte ich noch nie gesehen.

„Ella, da war ein Blitz!", rief ich in Richtung Bügelzimmer.

„Was du nicht sagst, ich habe noch nie einen Blitz gesehen!", rief Ella zynisch die Treppe herab. Sie hatte absolut keinen Grund dem Blitz besondere Aufmerksamkeit zu schenken. Doch ich bin ein „Trekki", einer der riesigen Fangemeinschaft der Fernsehserie ‚Star Trek, das nächste Jahrhundert'. Ich sehe in Himmelserscheinungen meist etwas anderes als ein normaler Mensch, wie zum Beispiel Ella. Ihr zu erklären was ich gesehen hatte, wäre verschenkte Luft gewesen. Beobachten wir gemeinsam ein Flugzeug am Horizont, könnte es von mir aus auch von Alpha Centauri stammen. Meine bessere Hälfte schüttelte dann nur grinsend den Kopf und ließ mich weiterspinnen. Dieser Blitz war aber etwas Außergewöhnliches. Nie zuvor war eine Naturerscheinung so bunt in ihren verschienen Farben. Sie erschienen irgendwie nicht richtig, nicht real. „Ella", rief ich, ohne meine staunenden Gedanken von diesem eigenartigen Phänomen zu nehmen..

„Ella!"

„Was denn?"

„Schau doch mal raus!"

„Ja und? Ich sehe nichts!"

„Na, da oben!"

Gespannt starrte ich in die Richtung des Blitzes. Ella erschien es absolut nicht zu interessieren, was da oben vor sich ging. Nachdem ich jedes Fenster unseres Hauses kontrolliert hatte, zwei- bis dreimal in der Stube, einmal Küchenfenster – und nach der Rückkehr vom Stubenfenster – noch einmal in die Küche, rannte ich wie besessen nach oben zu Ella.

„Ja, wo bist du denn?"

„Na, beim Bügeln, wo denn sonst, geht es dir gut?", fragte Ella besorgt. Entweder wollte oder konnte sie mich nicht begreifen.

„Die Blitze!"

„Die sind doch bei Gewitter absolut normal. Wie stets bei Bayern?"

„Das war vorher, oder gestern, oder irgendwann!"

Ich war obernervös, aber Ella bügelte und sang dazu ihr Dideldumm Diedeldei, während sie ihren Don Camillo anschaute. Dann legte sie ihr Bügeleisen beiseite und grinste mich mit einem treuen Dackelblick an.

„Bayern hat verloren, stimmt's?"

„Nein gewonnen, nein verloren, ach, ich weiß selber nicht, ist ja auch egal. Wir sind Tabellenführer, haben 11 Punkte Vorsprung und außerdem noch das Rückspiel gegen Juventus, und überhaupt, wir haben ein UFO im Garten!"

Noch überzeugender konnte ich dies nicht erklären.

„Kannst du dich noch an den Film Jurassic Park erinnern?", fragte mich Ella während sie ein paar T-Shirts zusammenlegte und fast gleichzeitig ein Trachtenkleid mit dem Eisen bändigte.

„Ja, die hatten einen Dino im Garten, wie witzig! Wir haben ein UFO im Garten!"

„Welche Farbe?"

„Sei nicht immer so ironisch! Ok, wenn du es genau wissen willst, es sieht nicht so aus wie man sich Ufo's vorstellt. Unten ist es, sagen wir mal, dunkelblau, die Mitte, na ja, ich weiß nicht wie ich es beschreiben soll, eine braune Tarnfarbe wie beim Militär und das Dach würdet Ihr Damen wahrscheinlich als Malve beschreiben, ich nenne es Lila."

Ella winkte nur ab. Also gut. Nervös stolperte ich die Treppe wieder runter. Vielleicht war ich ja nur überarbeitet und bildete mir ein bißchen viel ein, trotzdem lief ich zur Türe raus, um die Szenerie weiter zu beobachten. Ewalds Pferde, die ich vor drei Tagen auf die Weide gelassen hatte, reagierten auch seltsam. Ich legte mich auf die Lauer, aber irgendwann schlief ich dann ein.

„Steh mal auf!", befahl mir meine bessere Hälfte.

„Hm, was ist denn?"

Als erstes schaute ich auf die Uhr und fragte mich, wie ich ins Bett gekommen war, ich hatte doch auf dieses Objekt gewartet. Na ja, vielleicht war alles nur ein Traum. Seltsamerweise weckte mich Ella noch während sie im Bett lag, das tat sie sonst nie.

„Was machst du denn hier? Wie spät ist es den?"

Ich drehte mich noch einmal auf die Bauch-Seitenlage, die ist einfach die bequemste.

„Es hat geklopft!"

„Na und? Du weißt doch wie eine Türklinke funktioniert!"

„Es ist halb sechs!", stellte Ella energisch fest.

„Welcher Trottel klopft um 5:30 Uhr an der Türe?"

„Eben, deshalb sollst du nachschauen, oder hast du Angst?"

„Also gut, schaun mer mal!"

Während ich meine Hausschuhe anzog und meine Jogging-jacke überstreifte wurde das Klopfen immer lauter.

„Ich komm ja schon!" Dann öffnete ich die Türe. „Ja?"

Die Grünuniformierten waren wacher als ich.

„Entschuldigen Sie bitte die Störung, wir hörten von seltsa-men Erscheinungen in dieser Gegend, haben Sie etwas unge-wöhnliches gehört oder gesehen?"

Mittlerweile hatte Ella die Neugier gepackt und kam die Trep-pe herab.

„Klar, wir hatten heute ein UFO im Garten!", antwortete sie ironisch und gähnte herzhaft.

„Ach, Sie hatten also ein UFO im Garten!"

Der Hauptkommissar kramte nach einem Schreiber, einem Stück Papier und wollte sich dann ausweisen.

„Ist schon gut!" Meine bessere Hälfte traute dem grünen Mann. „Ich weiß, ich hätte in Langenau nicht mit 70 im Ort fahren dürfen! Entschuldigung!"

„Beruhigen Sie sich, um so etwas kümmert sich die Verkehrs-polizei, wir sind vom BND.

„BND, klar logisch, ich hege Freundschaft nach Chile und verkaufe Atombomben!" fauchte Ella. Zynisch. Na klar.

„Machen Sie sich nicht über mich lustig, hier ist mein Ausweis!"

Der Beamte zog seufzend und mit strengem Blick ein grünes Stück Karton aus seiner Innentasche und hob es Ella vor die Nase.

„Sieht echt aus!", bemerkte ich fachmännisch, obwohl sie keinen blassen Schimmer von solchen Dingen hatte.

„Sie hatten also ein UFO im Garten", fuhr der Beamte fort und machte sich einige Notizen.

„Nein, nein! Aber kommen sie doch erst mal rein!

„Ella öffnete nun die Türe ganz und führte die beiden Agenten in die Stube. „Bitte, setzen Sie sich doch, soll ich Kaffee kochen?", bot Ella an.

„Das wäre nett!"

Ella ging in die Küche und öffnete die Durchreiche zum Eß-zimmer.

„Wissen Sie, ich heize nur mit Holz, deshalb ist der Kachel-ofen nur noch lauwarm", rief sie in das Wohnzimmer, während sie mit den Kaffeetassen klapperte.

„Also, was war gestern nacht hier los?", wollte der Beamte von mir wissen. Sein Kollege hatte bis jetzt noch keinen Ton von sich gegeben.

„Na ja", begann ich, „da waren seltsame blaue und lila Blitze ... und rauschende Laute", fügte ich dazu, „da dachte ich sofort an ein UFO. Es ist halt so, daß ich so etwas noch nie gehört oder gesehen habe. Zuerst dachte ich, mein Nachbar schweißt irgendetwas. Aber dann spielten die Pferde auf der Koppel verrückt, na ja, und ein UFO wäre doch mal etwas Tolles!"

„Ich muß nur allen Hinweisen nachgehen."

Der Beamte notierte alles während sein Kollege sich unseren schönen Kachelofen anschaute.

„Einige Leute aus dem Dorf bemerkten ähnliche Dinge!", fuhr der Agent fort. „Und alle können ja nicht halluzinieren!"

„Ich hatte keine Halluzinationen!", wehrte ich mich. „Ich bin doch nicht verrückt!"

„Wissen Sie, mein Mann hat es ein bißchen mit Außer-irdischen und so.", meinte Ella als sie den Kaffee servierte. „Er möchte doch so gerne einmal von Aliens entführt werden!", fügte sie ironisch hinzu und grinste.

„Ja wissen Sie, wenn man bedenkt, daß der Andromedanebel, vorausgesetzt. man überwindet die Lichtgeschwindigkeit...!", begann ich eifrig zu erklären, „also mehr als 300.000 km pro Sekunde..."

„Ist ja gut!"

Ella hielt mir die Hand vor den Mund.

„Ich glaube die Herren haben andere Probleme als diesen Anomedranebel!"

„Andromeda!", verbesserte ich.

„Ist doch wurscht!"

„Nein, das ist nicht wurscht, man könnte ja...!" Ich durfte meinen Satz nicht beenden.

„Noch Kaffee?"

„Nein danke, wir müssen."

Ich begleitete den frühen Besuch zur Tür und verabschiedete ihn.

„Auf Wiedersehen!" Der andere konnte also doch sprechen. „Ich persönlich glaube ja nicht an so einen Quatsch, aber ich muß meine Pflicht erfüllen!"

Er reichte mir die Hand, bedankte sich für den Kaffee, dann stiegen die beiden in ihren Wagen und fuhren Richtung Stadt. Als ich in den nächsten zwei Nächten wieder diese Erscheinungen hatte, beschloß ich der Sache auf den Grund zu gehen. Heimlich, so daß Ella nichts bemerkte, richtete ich mir warme Klamotten her und versteckte sie im Eßzimmer, in dem wir uns so gut wie nie aufhielten. Es war kein besonderer Abend. Wir saßen auf dem Sofa, versuchten ein Querdenkerrätsel zu lösen und sahen nebenbei fern.

„Hast du noch Wein?" Ella bejahte.

„Ich hole mir noch ein Bier."

Ich ging in die Küche und stopfte mir einige Zigaretten, öffnete ein Bier und setzte mich zum Qualmen an mein Küchenfenster. Bald müßte der Tatort zu Ende sein und wir würden uns fürs Bett fertig machen. Ich war schon recht ungeduldig. Unser Haus ist zweistöckig und liegt etwas abgelegen am Rande unseres Dorfes, etwa 2 km bis zur nächst größeren Ortschaft. Hinter dem Haus war noch die Pferdekoppel des Nachbarn, unser Gemüsegarten und sonst nur noch ein großer Mischwald. Wenn die Erscheinungen tatsächlich von einem außerirdischen Objekt ausginge, hätten die Aliens große Chancen nicht entdeckt zu werden.

Der Krimi war zu Ende, nicht so spannend wie meine innere Aufregung. Meine bessere Hälfte und ich erledigten noch alles was man vor dem zu Bett gehen erledigen mußte und gingen die Treppe hinauf ins Schlafzimmer. Knacks, quitsch. Mist, dachte ich. Mir war noch nie, in all den 20 Jahren, seit ich hierher gezogen bin, die knarrende Treppe aufgefallen. – Die vierte Stufe von oben! –, dachte ich, – da muß ich beim Rausschleichen vorsichtig sein!

„Gute Nacht, schlaf gut!"

Gutenachtkuß.

„Gute Nacht, ich bin auch müde!"

„Hmmm!"

Ella packte noch ihr neuestes Buch aus. Verflixt! Jetzt liest sie auch noch, jetzt, wo doch gleich die Erscheinungen beginnen sollten, ärgerte ich mich innerlich.

„Mußt du jetzt noch lesen?"

Ella überflog noch kurz die Inhaltsangabe und löschte dann endlich das Licht. Hoffentlich verschlafene ich nicht, nicht verschlafenen, nicht verschlafenen, trichterte ich meinem Hirn ein. Ab und zu, so alle drei bis 4 Minuten, testete ich Ellas Schlaf. Manchmal drehte sie sich noch um und murmelte etwas, dann schlief sie endlich. Mit der Vorsichtigkeit eines schleichenden Indianers kroch ich aus meiner Betthälfte.

„Hm, geh doch etwas leiser aufs Klo!"

„Entschuldige bitte, schlaf jetzt!"

Aufpassen war jetzt angesagt. War es jetzt die vierte Stufe von oben oder von unten? Ich mußte scharf nachdenken. Am besten bin ich bei beiden vorsichtig! Hoffentlich ist genug Öl an den Scharnieren der Stubentür. Leise, puh, Dusel gehabt, schnell die Klamotten übergestreift. Um Gottes Willen, eines hatte ich nicht berechnet: wenn sich es unsere drei Katzen nicht, wie üblich, bei unserem Nachbarn im Stall gemütlich gemacht haben, könnte es lautstarke Schwierigkeiten geben. Zuerst stellte ich mit einem Blick durch die Glastüren fest, ob irgendwelche Bewegungen außerhalb zu verzeichnen waren. Das war nicht der Fall. Normal wußten oder ahnten unsere Stubentiger, egal um welche Uhrzeit, morgens oder nachts, daß jemand die Tür öffnen würde. Durch einen winzigen Spalt peilte ich die Lage, keine maunzenden Haustiere da. Nachbarins Stroh war Gold wert. Binnen Sekunden erreichte ich den Punkt, schleichend wie ein Geheimagent im Film, an dem ich die außerirdischen, falls diese existieren sollten, vermutete.

Soll ich mir eine Zigarette anzünden oder lieber nicht? Quatsch, ich zündete mir eine in der hohlen Hand an. In meiner Zeit bei der Bundeswehr hatte das auch nie einer bemerkt. Warten, warten, warten. Aus der einen Kippe waren schon drei oder vier geworden, und es war arschekalt. Geduld war noch nie meine Stärke und die Besucher waren auch nirgends zu sehen.

Ich rechnete mit dem Durchdrehen der Pferde falls die Fremden erscheinen sollten. Doch der Nachbar hatte sie, als der Abend anbrach, in den Stall befördert. Nun hatte ich niemand mehr, der mich eventuell warnen könnte, ich mußte selbst auf mich aufpassen.

Die letzten Blätter unserer Bäume verabschiedeten sich, als das seltsame Rauschen einsetzte. Ich war kurz eingenickt, war aber sofort wieder hellwach und streckte meine eingefrorenen Glieder, als die lila-blauen Lichter den Himmel färbten.

Ich glaubte meinen Augen nicht zu trauen, es war wie im Film. Keiner von Emmerich oder Spielberg. Nein, wie in den Fünfzigern, in den alten schwarz-weiß Klamotten. Eine große Suppenschüssel kam mit einer unbeschreiblichen Geschwindigkeit zwischen dem Mond und Abendstern hervor und bremste abrupt, ungefähr einen Zentimeter vor Bodenkontakt, ein Wahnsinns-Manöver. Ich konnte mir gerade noch ein ‚Wow‘ verkneifen. Was würde jetzt wohl geschehen? Nichts rührte sich. Meine Stilaugen betrachteten das Objekt mit Ehrfurcht. Scheiße. Ich vergaß meine Zigarette und verbrannte meinen Handballen. Der Schmerz war nicht so schlimm, nur die eventuelle Entdeckung der Glut. Das gibt's doch nicht dachte ich, während meine Hände mit Hilfe warmen Atems auftauten. Der Rauch, die dürfen den Atemrauch nicht sehen!

Ich steckte meine Hände in die Jackentasche, daß ging einigermaßen. Vor lauter Aufregung vergaß ich die Kälte und wartete weiter. Dann ging eine Tür, nein, keine Tür, eine Art Treppe, die hydraulisch, so schien es für mich, keine Ahnung, vielleicht ein Art Präsentierteller, sich in der Mitte des Flugobjekts befand, auf. Das Ufo selbst war höchstens 3 m oder 3,50 m hoch. Jetzt wurde es spannend. Der Ein- oder Ausgang, wie man will, war hell erleuchtet und ich wunderte mich, daß kein Nachbar das entdeckte. Entweder schliefen alle oder sie waren Nachts helle Lichter gewohnt, weil um diese Tageszeit öfters Traktoren zum Arbeiten eingesetzt wurden. Irgendwie kamen mir die Passagiere sehr bekannt vor: circa einen Meter 30 groß, lange Arme mit Händen, die sechs Finger aufwiesen. Kleine Füße und Augen, die halb so groß wie ihr Gesicht und oval waren. Ich schaute mich nach anderen Mitbeobachtern um. Niemand, gut! Nicht mal der Nachbarhund, der bei jeder Bewegung seinen Senf dazugab, hatte ein Knurren auf der Schnauze. Ganz langsam und vorsichtig, trotteten Sie die beleuchtete Treppe herab.

Als ob Ihnen etwas heilig erschien, streckten sie ihre Arme in den Himmel. In einem Buch hatte ich diese Gestalten schon einmal gesehen. Ich versuchte mich genauer zu erinnern, während ich den gespenstischen Auftritt mit jedem Atemzug genoß. Vorsichtig, mit ihren riesigen Augen jeden Millimeter abtastend, stiegen die drei aus ihre Flugmaschine. Anscheinend immer bereit, daß Areal fluchtartig verlassen zu können. Ich versuchte jedes Rascheln in meiner Stellung zu vermeiden. Mannomann, daß war aufregend. Ihre Körper waren silberfarben, und die blaue Farbe ihres Laufstegs spiegelte sich in ihnen. Gut, daß ich noch einige selber- gestopfte Zigaretten bei mir hatte. In der hohlen Hand, wie gesagt, wie damals beim Bund, so daß kein Feind es bemerken konnte, zündete ich mir eine an. Die drei erschraken, kommunizierten in einer seltsamen Klicklautsprache, sahen sich fragend an und gingen in einer Geschwindigkeit, wie ich sie noch nie gesehen hatte, zurück in ihr Schiff, zogen den Steg ein und das UFO verschwand am Himmel ohne irgendwelche Kondensstreifen oder irgendeiner Spur. Einfach weg. Im Firmament war nur noch ein kleiner Punkt zu erkennen. Wenn dieses Spektakel jemand beobachtet hätte käme er nie auf die Idee, daß vor einigen Sekunden die Erde einen seltsamen Besuch von Fremden hatte.

Die Nacht war sehr kalt, eigentlich brach schon fast der Morgen an, der Punkt im Himmel war schon längst verschwunden, da begann ich an meinem Verstande zu zweifeln.

„Guten Morgen, los, raus jetzt!", wurde ich sanft von meiner besseren Hälfte geweckt, während sie mir meine Bettdecke wegzog und den Vorhang öffnete. „Ich habe Hunger, kommst du? Das Frühstück ist fertig."

Ich war noch fix und alle, suchte meinen Jogginganzug und, tatsächlich, nach mehreren Anläufen, hatte ich ihn gefunden.

„Man siehst du fertig aus!", begrüßte mich Ella's fröhliche Stimme. „Du warst doch gestern gar nicht so betrunken!" Es kann sein, daß die Eier hart geworden sind!", rief sie aus der Küche durch die Durchreiche. „Ich habe noch Wäsche aufgehängt, bei dem Wind kann sie gut trocknen und da habe ich halt die Eier vergessen!"

„Hm!"

„Kommst du mal?"

Ihre Stimme hört sich so seltsam an, daß ich vermuten mußte: Entweder lag eine Katze tot im Garten oder eine Maus hatte Ellas ganzen Stolz, die Endiviensalate, die sie im Winter unter einer Wolkendecke hortete, damit denen der Frost nichts anhaben konnte, gefressen. Nerv nicht, dachte ich, während ich den Kaffee rührte.

„Jetzt komm schon!"

Ich verdrehte die Augen, stand auf und bahnte mir meinen Weg durch die drei Katzen, die mir hungrig entgegenkamen. Der erste Katastrophenfall konnte es also nicht gewesen sein.

„Schau mal, die komischen Linien und Kreise dort auf der Pferdekoppel!"

„Na und?"

Ich kannte doch meine Ella, die würde mir so einen Quatsch, mit Aliens und so natürlich nie glauben. Ich würde ihr aber trotzdem von der vergangenen Nacht erzählen, wobei ich mir selbst fast nicht mehr glauben konnte. Einerseits war das Erlebte für mich real, andererseits hätte es auch ein Traum sein können. Aber Ella hatte diese Merkmale entdeckt. Ich äußerte mich nicht dazu, winkte mit der Hand ab.

„Das sind halt irgendwelche komischen Linien!"

Nach dem Frühstück war einkaufen angesagt. Tempotaschentücher, Zewarollen, etwas Wurst, Fleisch und Käse. Mir ging diese Nacht, während ich den Einkaufswagen vor mich her schob und gelangweilt die Regale betrachtete, nicht aus dem Kopf.

„Oh, Entschuldigung!"

Die ältere Dame, die anscheinend noch richtig kochte (ich schloß dies aus ihrem Korbinhalt), keine Fertig-Pizza oder Maggiefix für Gulasch, sondern richtiges Gemüse und andere Dinge, die man zum Kochen braucht, nicht wie bei den jungen Muttis. Sie war nicht sonderlich ärgerlich, als ich sie rammte.

„Nichts passiert, junger Mann, tagsüber sollte man nicht so viel träumen. Aber in ihrem Alter...!"

„Hast du Kleingeld?", fragte Ella an der Kasse und kruschtelte in ihrer Tasche.

„Aber du weißt doch..."

Ella winkte ab.

„Du hast nie Geld dabei, ich weiß!"

Ich verdrehte meine Augen wie beim Frühstückstisch, dieser Tag war mir zu hektisch.

„Haben Sie diese komischen Streifen und Ringe auch gesehen?", fragte eine aus dem Nichts kommende Nachbarin meine bessere Hälfte. Die war sichtlich überrascht.

„Na dort, bei der Pferdekoppel. Ich war heute früh mit dem Hund draußen, da habe ich sie gesehen, die Ringe meine ich, und die Streifen!", erzählte die neue Nachbarin, die vor vier Wochen zugezogen war.

Ich verdrehte schon wieder die Augen, das vierte Mal heute. Ich zuckte mit den Schultern und hoffte, daß sie keine Esoterikerin war, die kommen auf die seltsamsten Gedanken.

„Keine Ahnung was das sein soll!", erwiderte Ella.

„Haben Sie so was noch nie im Fernsehen gesehen? Wie bei dem Schweizer Schriftsteller, ich weiß nicht mehr wie er heißt!" Sie schnippte mit den Fingern wie ein Schulkind und hoffte sich dadurch an ihn zu erinnern. „Erich von Däniken!"

„Stimmt!"

96,24, meinte die Kassiererin. Ella tat so, als ob sie in ihren Geldbeutel Kleingeld herauskruschteln wolle, um der geschwätzigen Nachbarin zu entrinnen. Als diese ihr Zeug auf das Laufband stemmte konnten wir die Flucht ergreifen. Ich konnte die folgende Nacht nicht mehr erwarten. Trauten sich die Außerirdischen noch einmal hierher oder würde ich mir meinen Arsch umsonst abfrieren? Doch zuerst, zuhause angekommen alles ausladen und Abendessen kochen, Eintopf. Essen, Quizshow, Nachrichten, Tatort – the same procedure as everyday.

„Gute Nacht!"

„Gute Nacht!"

Ich schlich mich auch in dieser Nacht aus dem Schlafzimmer. Die warmen Klamotten lagen versteckt in Eßzimmer bereit. Die vierte Treppe hatte ich immer noch im Hirn. Also los. Hoffentlich kommen Sie. Dieses Mal hatte ich vorsorglich in der Küche schon eine geraucht um einen weiteren Fehler zu vermeiden. Angespannt hockte ich mich in meinem Versteck dem Gebüsch, und wartete. Die Chancen standen 50 zu 50, denn auf der einen Seite hatte ich sie verschreckt, auf der anderen hoffte ich, so sah es zumindest für mich aus, daß das gestikulieren mit ihren Händen etwas Heiliges darstellenden sollte als ob sie heiliges Land beträten, als ob ein Fisch wieder zurück ins Wasser mußte. Innerlich fluchte ich über den Landeplatz den sie sich ausgesucht hatten, bequemen war mein Versteck nicht gerade ich hoffte, daß meine etwas lädierten Knochen und Muskeln keinen Krampf bekämen. Doch meine Anspannung war zu riesig um etwas zu spüren. Ich wartete. Sie kamen und kamen nicht. Ob ich doch noch eine Zigarette in der hohlen Hand anzünden könnte? Scheißegal, ich tat es einfach, Ruckzuck. Vom Timing her sollte es funktionieren. Wenn ich es mit gestern vergliche könnte ich die Zeit noch haben. Wartend starrte ich in den dunklen Himmel obwohl, so dunkel war er gar nicht. Die meisten Leute schauen nur mal so hoch, beobachten den Mond einige Sterne, aber wenn man gezwungenermaßen auf etwas im Himmel warten muß und diese in einer wolkenfreier Nacht beobachtet, schweifen die Gedanken in anderen Gefilden. Wenn man sich richtig auf dieses Schauspiel der Sterne oder teilweise Galaxien, konzentriert, könnte man ausflippen. Jetzt befindet sich über meinem Kopf ein kleines Lichtlein. Dieses kleine Licht könnte die zwei hundertfache Sonnenmasse haben. Ein anderes kleines Licht könnte etwa zweitausendmal so groß wie unsere eigene Milchstraße sein. Das muß man sich erst mehrere Male sagen um diese Größe zu begreifen, doch die Meisten können es nicht verstehen, vor allem nicht, daß die meisten dieser hellen Punkte gar nicht mehr existieren. Viele sind schon lange zu Supernova, weißen Zwergen oder, wenn es ganz schlimm war zu schwarzen Löchern kollabiert. Doch viele Menschen glotzen einfach nur abends ins Firmament und finden das alles nur romantisch. Dort oben brennen vielleicht verschollene Kulturen wie es der Menschheit in etwa 5 Milliarden Jahren gehen könnte, falls wir uns vorher selbst nicht vernichten. Dort oben ist alles, Anfang und Ende. Zu den Menschen zu gehören war manchmal auch eine Strafe. Für uns ist alles nur selbstverständlich, ob Leben oder Natur. So saß ich jetzt in einem Gebüsch und grübelte während ich die nötige Zeit besaß, über die Natur nach.

Wie gesagt dort oben befindet sich alles, der Anfang und das Ende. Ich, genauso wie die wenigsten wußten noch nicht einmal wie sie die Natur definieren sollten. Die kümmerten sich doch um nichts. Sternenhimmelromantik, und vor allem Selbstverständlichkeit! So saß ich jetzt in einem Gebüsch, die Tannenzapfen piesackten mein Hinterteil und meine Arme, doch die Neugier ließ mich nichts spüren.

Kann ich noch eine rauchen? Das Risiko war mir zu groß. Was mir die meisten Probleme schuf war der erste Kontakt. Ich hatte zwar keine Angst doch trotzdem ich Treckie war, bestand doch ein mulmiges Gefühl; man lernt nicht jeden Tag Außerirdische kennen. Für mich war jedoch jedes Mittel recht, auch die Kälte interessierte mich nicht, das letzte Mal verschwanden sie schon als ich mir nur eine Zigarette anzuzünden versuchte, wie könnte ich die drei dazu bewegen hierzubleiben, die Sprache, die Gestik, wer sich wohl mehr erschrecken würde, die oder ich?

Da, da oben war es, es kam, endlich. Sofort wurde ich aus meinen Halbträumen gerissen. Jeder andere hätte bestimmt einen Fotoapparat mitgenommen. Gespannt beobachtete ich die Landung. Wutsch, ohne eine Spur der Verwüstung zu hinterlassen, landeten sie exakt und punktgenau auf demselben Platz ohne den einen oder anderen Baum ein Zweigchen zu krümmen. Meine Anspannung war nicht mehr zu überbieten, ein Krimi oder ein Horrorfilm war ein Scheiß dagegen, obwohl dieses Szenario nichts mit einem Film zu tun hatte.

Ella lag im Bett, vermutlich wachte sie auf als sie oder weil sie den Fernseher ausschalten wollte, oder weiß der Geier warum. Auf alle Fälle hörte ich ihre liebreizende Stimme, die ihn mir im Augenblick wie ein Krächzen absolut störend empfand.

„Wo bist du? Huhu!"

„Mann, halt die Klappe!"

Ich saß in meinem Versteck, hatte mich vorher rausgeschlichen, versuchte mich leise und unscheinbar an die Aliens anzuschleichen um vielleicht mit ihnen zu kommunizieren und jetzt Huhu und Hallo.

Sofort sprang ich aus meinem Versteck und rannte Richtung Haustüre: „Verschwinde, aber ganz schnell!"

„Was ist denn?"

„Das erkläre ich dir morgen oder übermorgen!"

Jetzt wurde ich hektisch, packte Ella nicht sehr fest am Oberarm und drückte sie ins Haus.

„Was ist denn, was haste denn Wichtiges?"

„Tun mir einen Gefallen und bleib drinnen, was hier passiert, kapierst du sowieso nicht!"

„Meinst du ich bin blöd?"

„Nein nein, glaub mir nein, so habe ich das nicht gemeint, vertraue mir und gehe einfach wieder ins Bett, bitte!"

„Warum denn?"

„Glaubt mir einfach!"

Ich fuchtelte mit Händen und allen übrigen Körperteilen um sie zu überzeugen, nicht hierzubleiben.

„Was verheimlichst du mir?"

„Nichts, und jetzt verpfeife dich einfach!" Langsam wurde ich böse.

„Ah, du hast eine Freundin!"

Meine Geduld war langsam zu Ende. „Nein, ich habe keine neue ...!"

„Ja was machst du da?"

Okay, es sah mit Sicherheit komisch aus als Ella meinen Alkoven begutachtete, noch komischer war es, ihr eine einigermaßen vernünftige Erklärung abzugeben.

„Na, die Außerirdischen, du weißt ja!"

„Ach so, der Franz, der Karl, der Josef, ach die!"

Ksch ksch, versuchte ich mit einer abwertenden Handbewegung zu deuten.

„Wer ist sie, wann kommt sie!"

„Wo ist wer, wann kommt wer?"

„Na sie!"

„Also sie ist in Ordnung, aber sie ist nicht Singular sonderen Plural!"

„Mehrere Weiber?"

„Glaub mir bitte!" Ich zog sämtliche Register meiner Überzeugungskraft. „Es sind keine Weiber und tu mir bitte einen Gefallen und verschwinde und zwar Ruckzuck!"

Am meisten wunderte mich, daß Ella tatsächlich ging und doch mußte ich nicht wirklich aggressiv werden. So Gott wollte, war sie vielleicht beleidigt, aber das war mir egal und kam mir nur zurecht. Wie konnte ich auf die Außerirdischen warten mit einer Ungläubigen im Hintergrund?

Gott sei Dank, Ella war ins Haus gegangen. Jetzt! Es sah genauso aus wie das letzte Mal. Da, eine punktgenaue Landung. Gut, daß sie wieder sehr leise waren. Tick tick, jemand klopfte mir von hinten an meine Schulter, ich dachte mein Herz würde diesen Augenblick nicht mehr erleben, so erschrak ich zu Tode.

„Mußt du dich so anschleichen, Ella?"

Ich beobachtete, was wohl geschehen würde.

„Geh wieder rein", zischte ich und wollte die Hand von meiner Schulter nehmen.

Meine Hände tasteten zeitlupenmäßig, ganz vorsichtig, um keine hastigen Bewegungen zu machen, an Ellas Finger. Die hielten mich allerdings fest und ich versuchte, leise fluchend, mich aus dem Klammergriff zu befreien.

1,2,3! Als ich sechs gezählt hatte, drehte ich mich herum, ganz langsam und erschrak fürchterlich.

Der eine legte einen seiner sechs Finger auf seinem viel zu kleinen Mund und machte ein Geräusch, wie etwa pscht. Gleichzeitig versuchte er mich mit der anderen Hand zu beruhigen, mit einem leichten Schulterklopfen. Hätte er dieses nicht getan, wäre mir mit Sicherheit ein Schrei aus den Hals entwichen, der das ganze Dorf geweckt hätte. So war es nur ein erschrockener Seufzer. Als ich seine riesengroßen Augen in dem überdimensionalen Schädel genau zu mustern versuchte, so wie er meines, glaubte ich in seinem, wie in seinen Kumpanen Gesichtern, ein freundliches und warmes, irgendwie vertrautes Lächeln oder so etwas Ähnliches zu erkennen.

„Psst!"

Ich nickte nur. Der aus der anderen Welt drückte mir mit seinem ewig langen Fingern sachte meinen Mund zu. Ich wollte schlucken, doch es ging nicht. War auch nicht so schlimm. Wie oft hatte ich mir so eine Situation gewünscht. DAS TREFFEN MIT AUßERIRDISCHEN, ein Wahn. Sollte ich Glück haben, entführen die mich sogar. Ich hatte aber auch schon Berichte gelesen, daß Aliens den Entführten ihre Genitalien und was weiß ich noch untersuchten und diese dann fix und fertig auf die Erde entließen, und dann schließlich ein Fall für die Klapse wurden.

Mir gingen in diesem Augenblick tausend Dinge im Kopf umher, dann schaute ich abwechselnd in jedes dieser drei Augenpaare und es war für mich vollkommen klar: Die tun mir nichts!

„Hi!"

Mein Hi mit erhobener Hand, das Freundschaft symbolisieren sollte, war etwas schüchtern.

„Hi!" Seins und das der Anderen genauso.

Hi, hi, hi. Schon nach wenigen Sekunden schienen wir alte Bekannte zu sein. Ich hob meine Linke und formte mit dem Ring- und Mittelfinger ein V.

Das hatte ich in einem Startrekfilm, bei der ersten Begegnung mit Vulkaniern, gesehen.

Die drei schauten sich an und fingen prustend an zu lachen. Sie formten, oder versuchten dasselbe und lachten sich halbtot. Ich stutzte, schaute auf meinen Lapsus und mußte über meine eigene Blödheit lachen. Im Gegensatz zu meinen neu gefundenen Freunden lachte ich bestimmt doppelt so laut.

„Was ist denn da unten los?"

Das Kippfenster über uns wurde von Ella fast aus den Angeln gerissen „Schnell weg hier!" ließ ich den Besuchern zu verstehen geben.

Der Oberalien umschlang mit seinen riesigen Fingern meine Hand, die nicht gerade die kleinste ist, und drückte auf einen Knopf an seinem Puls. Sie verschwanden, ich wurde ohnmächtig.

Ich wußte, daß noch nicht allzu viel Zeit vergangen sein konnte, als ich wieder mein Bewußtsein erlangte. Mir drückte mein Genick, meine Knochen und die Gelenke taten wahnsinnig weh. Langsam richtete ich mich auf, und während die Finger die Augen rieben, schienen meine Gebeine ins Leben zurückzukehren. Grün, Gelb, Rot, sämtliche Farbschattierungen blendeten mich.

Nein, nur zuerst. Ich gewöhnte mich schnell an die Farben, die man bei uns Petrol, Malve, Mocca oder weiß der Teufel wie, nennen würde. Die drei fummelten an irgendwelchen Hebeln und Knöpfen und beobachteten einen kleinen Bildschirm. Seltsame Kommandos wurden befolgt. Die Befehle hatten mit unseren Sprachlauten oder Dialekten zwar nichts zu tun, doch ich vermutete, daß es sich nur um Order handeln konnte.

Das Gesprochene erinnerte mich an eine Doku über Afrika, in der sich die Stammesangehörigen mit einer seltsamen Klicklautsprache verständigten.

„Hi", begrüßte mich der eine freundlich.

„Träume ich?" flüsterte ich zu mir selbst.

„Ich kann dir gerne eine runterhauen!"

„Nein, nein, laß mal, ist schon okay!" Der hat mit Sicherheit mehr Kraft als ich!

„Darauf kannst du Gift nehmen, und ich lese auch deine Gedanken.

Du kannst hier nicht lügen, du kannst dich hier nicht verstecken, deine Gedanken sind meine!"

„Super, findest du das nicht etwas unfair? Was ist mit mir, was kann ich von dir und deinen Kumpanen erfahren?"

„Nichts, aber das sollte dich auch gar nicht interessieren, wir sind ehrlich allen gegenüber, das Mißtrauen kommt von euch Menschen, wie ihr eure Mitmenschen beurteilt. Wir trauen uns selbst, sogar teilweise deinem Volk, obwohl es unser Vertrauen mit Sicherheit nicht verdient hat."

„Bist du hier der Boss?"

„So kann man es sehen, doch jetzt entschuldige mich für einen Augenblick, ich habe noch eine Kleinigkeit zu erledigen!" sprach's und verließ den Raum oder die Kanzel, wie man's nimmt.

Jetzt war ich alleine und versuchte mich in dem Teil, von dem ich nicht wußte was es war, zurechtzufinden. Mit der Enterprise hatte hier alles nichts zu tun. Es war nicht so luxuriös wie auf dem imaginärem Raumschiff eingerichtet, aber auch nicht spärlich oder karg. Im Gegenteil, ich fand es sogar gemütlich. Der große Bildschirm, der etwa ein Drittel des Raumes ausfüllte interessierte mich am meisten. Ich überlegte, ob ich nicht an einem der bunt aufleuchteten Knöpfchen drehen sollte, was sprach dagegen? Wahrscheinlich erlaubte jemand sich einen Scherz mit mir zu treiben. Ich zwickte mich in meinen Arm. Aua! Offensichtlich war ich wach. Das Ding wird ja nicht gleich explodieren. Der rote Knopf.

„Wow!"

Ich war hin und weg als ich die Milchstraße mit einem glasklarem Bild empfing. Jetzt den Blauen! Jetzt sah ich den M81, den Gelben! Der Adlernebel, einfach gigantisch. Meine Augen mußten mit Sicherheit so groß wie die meiner Entführer gewesen sein. Ich bemerkte nicht einmal wie der Boss wieder hereinkam und mir meinen vor Staunen offenstehenden Mund mit seinen überdimensionalen Fingern wieder schloß.

„Entschuldige bitte"! druckste ich immer noch ganz baff, und schlug dann auf meine Stirn.

„Entschuldige, ich Idiot, du kannst mich sowieso nicht verstehen! Ach die Telepathie. Ich vergaß."

„Ach nein? Und warum nicht?"

„Der spricht mit mir!"

Jetzt war mir alles klar.

„Wo ist die versteckte Kamera?"

Ich stand auf und fuchtelte wie wild mit den Atmen. „Huhu, Herr Elstner!"

„Hier gibt es keine versteckte Kamera, du bist in unserem Flugzeug!"

„Echt?"

„Echt!"

„Ja und der Bildschirm, die vielen Hebel und Knöpfe?"

„Naja!"

Der Boss zeigte mir die Objekte, die auf dem Monitor zu erkennen waren, erklärte mir ihre Namen und die Entfernung zur Erde.

„Der Adlernebel zum Beispiel...!"

„Ich kenne den Adlernebel!"

„Rigel!"

„Kenne ich!"

„Andromeda!"

„Natürlich!"

„M81!"

„Sowieso, und dieses soll alles real sein?" Ich war völlig von der Rolle.

„Jetzt beruhige dich erst einmal!"

„Nein, ich kann mich jetzt nicht beruhigen, es ist doch vollkommen unmöglich solche Entfernungen zurückzulegen, Lichtgeschwindigkeit, Wurmlöcher... mann, mann!"

Ich stotterte und zeigte auf den Bildschirm!

„Das ist nicht möglich!"

„Langsam, langsam", versuchte mich der Alien zu beruhigen.

„Du könntest mit dieser Fuchtelei den Monitor beschädigen. Man kann also diese Entfernungen nicht überwinden? Ich bin doch hier, du siehst mich doch. Wenn Menschen das nicht fertig bringen, heißt das noch lange nicht, daß das unmöglich ist!"

„Wollt ihr mich untersuchen?" fragte ich skeptisch.

„Oh je!" winkte mein Gegenüber ab. „Wir kennen euch Menschen schon seit eurer Evolutionsgeschichte, da brauchen wir nicht viel untersuchen. Im Gegenteil, Eure Erkenntnisse habt ihr von uns!"

„Echt?"

„Echt!"

Langsam überlegte ich mir, ob ich mein Mißtrauen nicht ablegen sollte. Okay, auf der einen Seite stand die Entführung, die eigentlich gar keine war, dann meine Neugier. Ich hatte doch alles selbst provoziert und dann das Wichtigste für mich war doch, daß dieses kleine Abenteuer noch kein Mensch oder nur ein geringer Teil erleben durfte. Ich befinde mich in einem Raumschiff. Ich befinde mich in einem Raumschiff! Ging es immer und immer wieder in meinem Kopf umher. Natürlich würde ich niemandem von diesem Abenteuer erzählen. Logisch, Zwangsjacke läßt grüßen.

„Bist du deines Lebens und das deiner Artgenossen firm?"

„Hä?"

„Deine Artgenossen und du, seit ihr des Lebens firm?"

„Tu mir bitte einen Gefallen und rede nicht so geschwollen daher. Wenn du und deine Artgenossen schon seit was ich wie lange auf der Erde seid, kennst bestimmt die aktuelle Sprache, das siebzehnte Jahrhundert ist gegessen!"

„Gegessen?"

„Ja gegessen, vorbei!"

„Ach ja, stimmt, entschuldige bitte, ich vergaß meinen Übersetzer umzustellen!"

Mit einem kleinen Nicken mit seinem Kopf konnte mein neuer Freund dieses kleine Übel abschalten. Diese Manöver erinnerte mich an die Enterprise, an Leutnant Kommander Data, der Androide des imaginären Raumschiffes, und ich konnte mir ein Schmunzeln nicht verkneifen.

„Ist was?"

„Nein, nein, alles paletti!" grinste ich in sein silbernes Gesicht.

„Also, nimm deinen Platz ein!"

Der Außi deutete mit seinen überlangen Fingern auf meinen Forschungsthron, ich setzte mich und wartete spannungsgeladen auf das, was mich erwartete.

„Du glaubst also nicht, daß wir euch seit ewig kennen und beobachtet haben?"

„Hmmm!" zuckte ich mit den Schultern. „Es klingt schon irgendwie unglaublich. Auf der einen Seite gibt es keine Zeitreisen, auf der anderen bin ich Hauptzeuge vom Gegenteil!"

„Ich habe dir meine Kollegen noch gar nicht vorgestellt, darf ich?"

Die beiden anderen, die sich aus den Nachbarkabinen zwängten, sahen kein Stück anders aus als mein Erstalien. Lange Finger große Augen, nur ein kurzes Mitdenfingernandiestirnlangen und schon befanden sie sich wieder an ihrem Arbeitsplatz.

„Der eine war der eine und der andere der andere, das brauchst du dir nicht merken!"

„Okay, alles klar! Aber jetzt laß uns mal endlich zum Thema kommen, wenn's Recht ist.

Wie könnt ihr um alles in der Welt durch diese Dimensionen reisen, wir nennen so etwas das Raum-Zeit-Kontinuum und laut Albert Einstein ist so etwas unmöglich. Außer man träumt das Raum-Zeit-Gefüge!"

„Tatata, unmöglich ist gar nichts!"

Die langen, winkenden Finger vor meinem Gesicht erinnerten mich an meine schimpfende Tante.

„Okay, Albert Einstein war euer Universalgenie. Er hatte auch vollkommen Recht mit einigen Dingen und ich hoffe du weißt auch, daß er einige Berechnungen nicht in der Öffentlichkeit preisgegeben hatte, beziehungsweise diese nicht für ernstgenommen wurden.

„Nee, keinen blassen Schimmer, aber ich bin nur ein Laienastrologe, das Wichtige kann ich gar nicht wissen, nur das Übliche halt!"

„Sei nicht so bescheiden, wir wissen mehr von dir als du denkst!"

„Wir?"

„Genau, wir, ist egal, ich oder wir erklären dir bald mehr, aber laß mal. Also, mal auf die einfache Art; Albert Einstein hat die Relativitätstheorie kreiert, E = MC im Quadrat. Das hört sich vielleicht für manche ganz schlau an, doch die meisten bringen, wenn sie diese Regel hören, nur ein ‚Ach ja stimmt ja' oder ein ‚Ach so!' zustande, doch was dieser Satz bedeutet, wissen die wenigsten. Selbst die Profiastronomen und die sogenannten Mathematikprofessoren können damit nichts anfangen. Überall, in jeder Schule, in jeder Universität wird dieser Satz gelehrt. E = MC im Quadrat. Alles nur Lernerei!"

„Aha! Lernerei! 90 % können mit dem absolut nichts anfangen, Hauptsache schlau dahergeredet!"

„Also die Typen der ESA oder der NASA, ist meine Ausdrucksform jetzt korrekt?"

„Sage ‚Okay', aber sonst ist's korrekt!"

„Okay, die haben keinen Schimmer. Man kann, besser gesagt, wir können, oder ihr könntet das alles außer Kraft setzen, weil die Verantwortlichen den Wissenschaftlern einen Maulkorb verpaßt haben. Ganz kurz erklärt: Einstein hatte in einigen Dingen Recht, man könnte mit keinem Fahrzeug einen anderen Planeten erreichen, wenn man sich auf der Erde befinden würde, das ist richtig, doch nicht ganz, berechnet man einige Gravitationen mit der Erdatmosphäre total neu, käme man auf ganz neue Tatsachen, aber eure Wissenschaftler haben wie gesagt entweder einen Maulkorb oder keine Ahnung. Trotzdem, zu meinem Geständnis muß ich dir beichten, daß die Bilder im Monitor, Attrappen sind!"

„Aber das gibt's doch gar nicht!" Ich war total überrascht. „Diese Bildqualität, die Bewegungen und überhaupt alles, ich schaute mir schon oft so ein Material über Sterne und Sternenkomplexe an, doch so etwas..." Ich konnte nur mit dem Kopf schütteln.

„Tja, optische Täuschungen!"

„Optische Täuschungen?" Hahaha, fiel mir dazu lapidar ein.

„Okay, optische Täuschungen ist vielleicht nicht richtig, sagen wir andere Aufnahmen, als du sie aus euren Fernsehgeräten kennst, 'ne andere Einstellung, andere Perspektiven, andere Zeit.

Ja, ich denke, andere Zeit ist korrekt. Trotzdem sind alle Bilder aus euren Satelliten kopiert!"

„Entschuldige bitte, aus unseren Satelliten?"

„Ja klar, zu mehr sind wir nicht fähig!"

„Ich glaube ich spinne, ihr habt hier eine Wahnsinnstechnologie, reist von A nach B, fast, oder sogar mit Lichtgeschwindigkeit und du erzählst mir so etwas!"

„Wir haben unser Material nur aus eurer Technologie, aus den Satelliten der Länder, die ihr USA, Rußland, Deutschland, Japan, China, um nur einige zu nennen, verarbeiten sie und können hochrechnen wie es in etwa 20000 oder 1000000 Jahren auf deinem Planeten aussehen wird!"

So, jetzt schlug meine Kinnlade fast auf dem Knie auf.

„Ihr könnt hier rumfahren wie ihr wollt und klaut die Daten der Erde, sowas habt ihr nötig?"

„Klar, haben wir!"

Der Möchtegern-Data deutete mit seinen Krallen ihm zu folgen. Wortlos stand ich auf und folgte ihm. Ab und zu blieb er stehen, je nachdem wir welchen Raum betraten zeigte er mit seinen Überfingern jeden Winkel jedes Raumes. Mir blieb jedes Wort, das ich hätte sagen wollen im Halse stecken, nichtsdestotrotz, die Stimmbänder hätten mit Sicherheit auch versagt, falls ich etwas sagen wollte. Mir blieb einfach nur die Spucke weg. Es war einfach nur ein Wahnsinn was ich sah. Der neue Airbus, der A380 mußte ein Kinderzimmer dagegen gewesen sein. Von Außen wirkte alles so klein

„Bist du aufgeregt?"

„Das ist meine erste Entführung!" antwortete ich stotternd, vielleicht auch wieder ängstlicher geworden, das Riesenteil von Schiff hatte zuvor, von außen betrachtet, die Maße eines größeren Traktors. Hier drinnen konnte man sich regelgerecht verlaufen. Etwas unheimlich. Aus Angst drückte ich dem Allmenschen fast die Fingerknochen zusammen, die er mir vor unserer Sightseeingtour angeboten hatte. Er ahnte wahrscheinlich wie ich reagieren könnte.

„Mach dir keine Sorgen, unsere Gelenke sehen zwar dünn aus, sie sind aber stärker gebaut als die Pyramiden von Gizeh!"

Ich ließ ihn, wahrscheinlich mit einem bescheuerten Gesichtsausdruck, wieder los.

Ein leichtes Klopfen, das ich erst nicht richtig wahrnahm, störte mich. „Träumst du?"

Erschrocken fuhr mir der Schreck in sämtliche Glieder. „Hm? Was ist?"

Wahrscheinlich machte ich einen sehr bedepperten Eindruck „Ir-irgendwie schon!" stammelte ich und bemerkte, daß ich im Wasser, besser gesagt in der Badewanne, lag.

„Ist schon gut!"

Ella versuchte mich zu beruhigen und lächelte mich an. „Hauptsache, du hast keine Angst mehr!"

„Angst? Wieso sollte ich Angst haben? „Wovor?"

Plötzlich fand ich mich im Raumschiff wieder.

„Wie spät ist es jetzt?", wollte ich Ella fragen, doch die war nicht mehr da.

„Wir haben hier Zeit ohne Ende!"

„Ach ja!"

Langsam versuchte mein futuristisch versautes Hirn dies alles zu verarbeiten. Okay, wie spät mag es wohl nach meiner Zeitrechnung sein?

„Von mir aus könnt ihr alle Zeit der Welt, Millionen oder Milliarden Jahre zurücksehen, aber ein ‚halb sieben' oder ein ‚dreiviertelneun' würde mir schon wahnsinnig helfen. Von mir aus, aber langsam sollte ich wieder nach Hause, bevor Ella etwas spannt und sich Sorgen macht!"

„Die spannt mit Sicherheit nichts, oder glaubst du, daß deine Frau eine Anzeige gegen Außerirdische erstattet?"

Trotzdem zog ich ungeduldig an seinem Arm.

„Wenn ich nicht pünktlich heimkomme, wird sie mich trotzdem mit tausend Fragen löchern, logisch, daß sie keinen blassen Schimmer von euch hat. Was soll ich ihr erzählen?"

„Sag, daß du in irgendeiner Lokalität saßt und dir einen gegossen hast, das glaubt sie dir bestimmt!"

„Logisch, wenn ich ihr von unserer Begegnung erzählen würde, wären mir zwei Jahre Psychiatrie sicher!"

Ohne auf meinen leisen Protest zu reagieren, fummelte mein spezieller ‚ET' an seinen Instrumenten rum, mit einem Hin und Her flogen sie in der Weltgeschichte herum, so, daß mir fast schlecht wurde. Mit Hunger konnte ich Ella wahrscheinlich nicht überraschen. Ich hatte auch keine Ahnung wie lange ich wegge-wesen war, doch konnte ich mich immer an dieses tolle Panorama erinnern.

Irgendwann traf uns etwas Hartes, das von Unten aufzu-schlagen schien. Wow! Außer einem Genicktrauma schien ich keine Folgeschäden fortzutragen, ich war noch relativ ganz. Den einen oder anderen Knochen kontrollierend, wagte ich einen Blick aus einem Bullauge, das sich an meiner Rechten befand. Der Auf-schlag und die Turbulenzen hatte ich schon total vergessen, diese waren nicht so schlimm, das Sinnieren über meine Gastgeber war auch unwichtig als ich dieses Schauspiel zu sehen bekam.

Ein Vulkan, ein Vulkan, bricht bald einer aus? Unwahrschein-lich, das sind nur Babys, viel zu klein, obwohl? Da, ein kleiner Fisch, was hat der denn neben dem Vulkan zu suchen? Der sollte doch verkochen. Ich beobachtete den Fisch und man sollte es nicht glauben, es gesellten sich noch seine Kameraden dazu, als ob ihnen der Schwefelausstrom nichts ausmachen würde. Im Ge-genteil, es schien als ob sie diesen Ausstoß benötigten. Doch jetzt kam der absolute Hammer, von dem ich dachte, es wäre nur eine Sage, jetzt erlebte ich es live, vor Ort; ein Krake, Tentakel, min-destens 18 Meter, die Dinger, die im Seemannsgarn immer beschrieben wurden ganze Schiffe in den Abgrund gezogen zu haben. Diese Viecher existierten tatsächlich. Ob sie die Schaluppe von Käpt'n Hinz oder Kunz versenkt hatte, bleibt dahergestellt, aber es gibt ihn, den anscheinend gefräßigsten Räuber der Meere. Ich konnte mir nicht vorstellen, daß außer mir und Monsieur Picard noch jemand so ein Tier zu Gesicht bekommen hatten, es war einfach außergewöhnlich. Diese Tiere konnten Schwefeld-ämpfe des Vulkans überleben, Wahnsinn. Anscheinend sind die Meeresbiologen noch nicht so weit vorgedrungen. Doch so etwas zu beobachten, ich wiederhole mich, Wahnsinn.

Homo sapiens trifft eine neue Lebensform, ich bin einer der Ersten. Trotz allen Erstaunens war mir eigentlich klar, daß es da noch mehr geben müßte, irgendwo hatte ich sowas schon einmal in einem Geoheftchen gelesen, irgendwelche Meeresbiologen vermuteten Ungeheuer, oder etwas was aus grauer Vorzeit berich-tet wurde, gingen diesen Gerüchten nach und fanden nie einen Beweis, ich hatte ihn jetzt. Auf der einen Seite wollte ich mir noch alles ganz genau anschauen und das absolut Seltsame am eigenen Leib zu erfahren. Was mich eigentlich auch wunderte, es war nirgends Musik zu hören. Okay, ich war hier in keinem Mittelklassewagen, doch die absolute Stille fiel mir jetzt erst auf. Das Blubbern der Meeresbewohnern war nur die absolute Stille. Ich konnte das Getier auf dem Meeresgrund zwar sehen, mehr aber nicht. Von hören war nicht die Rede.

Meeresgrund? Wieso implodierten wir nicht, bei soviel Bar?

Als dann gab es für mich so viele Dinge zu sehen, so viele fremde Lebensformen, von denen nie ein Mensch gehört, geschweige, denn gesehen hatte. Alles je Gesehene oder von Wissenschaftler Erfaßte mußte immer einem gewissen Druck standhalten, besonders unter Wasser. Dort war der Druck immens höher als über der Erdoberfläche. Normal müßte hier jedes Lebewesen implodieren auch unser Fahrzeug und vor allem, mein Kopf dürfte diesem Druck nicht gewachsen sein. Keine Ahnung was es hier mit den Edelgasen Helium, Neon, Krypton, Xenon, Argon und Radon zu tun hatte, Sauerstoff? Keine Ahnung, hier unten tobte das Leben.

„Wir liefern dich jetzt zuhause ab!" Anscheinend hatte mich mein neu gefundener Freund aus dem Traumschlaf geweckt. Ich war noch ganz von den Wundern der Tiefsee fasziniert, als ich mich durch das Schulterpochen erschreckte.

„Hä, was?"

„Du wolltest doch nach Hause, deine Gefährtin wartet auf dich, bestimmt seit zehn Minuten!"

„Ich dachte Zeit spielt bei euch keine Rolle, kaum sitze ich hier und schaue mir die Supersachen an, kommst du mir mit Minuten, vor einigen Sekunden hattet ihr nicht mal eine Uhr!"

„Man eignet sich schnell neue Dinge an!"

„Bist du weg oder was ist mit dir?"

Langsam kam ich zu mir.

„Äh was? Entschuldige bitte, habe ich geträumt?"

„Naja, zuerst baust du dir eine Art Vogelnest, schläfst darin ein, dann pennst du in viel zu heißem Wasser in der Badewanne ein und nimmst Obst mit ins Becken!"

Erst jetzt fiel mir auf, daß ich drei Bananen und eine Orange mitgenommen hatte, wohlgemerkt, in die Badewanne.

„Ich habe Schädelweh!" Ich rieb meine Schläfen.

„Du hast Kopfweh?"

Ella war richtig entsetzt, auf jeden Fall tat sie nicht so, als ob sie es wäre. „Du hast in zwanzig Jahren, seit wir zusammen sind, nie Kopfweh gehabt!" Vorsichtig streichelte sie meine Stirn.

„Soll ich dir den Rücken schrubben oder die Stirn massieren?"

„Nee, laß mal, ich habe keine Ahnung was mit mir los ist. Am besten gehst du Einkaufen, daß wir heute Abend was auf dem Tisch haben!"

Die Badewanne war ein Art Urlaub für mich, was ich die letzten Minuten mitgemacht hatte, war nicht einmal als Traum da.

„Brauchst du noch was?", hörte ich Ella aus der Küche rufen.

„Ne Dose Tabak und ein Päckchen Hülsen wären nicht schlecht, was kaufst du denn zum Abendessen?"

„Mach doch das Irish Stew aus der Gefriere!"

„Okay, brauchst nichts mitbringen!"

Im Augenblick gab es nichts Schöneres, als im warmen Wasser der Wanne zu siclen. Es klingt vielleicht etwas kindisch, aber das Quitscheentchen und das wasservollgesaugte Nashorn waren im Augenblick meine besten Freunde, die ließen mich wenigstens in Ruhe. Bevor Ella mich verließ, ihre Hände noch einmal im warmen Wasser badete, warf sie mir noch einen besorgten Blick entgegen und fühlte meine Stirn.

„Kein Fieber!"

Ich hatte keine Ahnung, ob ich Ella von den vergangenen Nacht, beziehungsweise von den vergangenen Minuten erzählen sollte. Lieber nicht!

„Du schaust dir zu viele Enterprise-Filme an."

Auf diese Anspielung konnte ich liebend gern verzichten.

„He Hacki, wach auf, du versenkst dein Buch?"

Ella war schneller als ich dachte, oder ich hatte die meiste Zeit in der Wanne verschlafen. Eigentlich war ich noch gar nicht richtig da.

„Hat dir das Erkältungsbad wenigstens gut getan?" Ella fühlte wiederum meine Stirn.

„Na also, das Fieber ist gar nicht vorhanden. Ich hab Hunger, soll ich das Zeug rausholen?"

„Mach mal, ich koche gleich!"

„Hast du eigentlich bemerkt, daß du dein Albert Schweitzer Buch fast versenkt hättest?"

Scheiße, das wäre mir mit Sicherheit entgangen, irgendetwas mußte vorgefallen sein, von dem ich nichts mehr wußte, oder ich mich nicht mehr daran erinnern konnte.

„Wie wäre es mit einem kräftigen Irish Stew?"

„Ich wußte, daß du mich das fragen wirst, hol das Zeug aus der Gefriere!"

„Brauchst du Zwiebel und Knoblauch?"

Ich hoffte, als ich wieder einigermaßen klar denken konnte, daß meine Aversion gegenüber Lammfleisch, die ich aus unserem letzten Urlaub mitgebracht hatte, abgelegt hatte.

„Klar, logisch, jede Menge!"

Wir waren wie jedes Jahr auf Lanzarote, unserer Lieblingsinsel, und das aus vielen verschiedenen Gründen. Zum einen waren dort fast keine Leute, wir bewohnten jedes Mal einen Bungalow in der Nähe des Strandes im Nordteil des Eilands. Das Wetter auf den Kanaren ist zwar immer schon unberechenbar, doch an ‚unserer Küste' konnte es von einer zur anderen Stunde wahnsinnig unbeständig sein, so daß wir, außer ein paar Windsurfern auf neun Kilometern feinstem Sandstrand, höchstens zehn wetter- und windfesten Wanderern begegneten. Kein bequemer Ort für Touris. Zum anderen war in ‚unserem' Dorf absolut der Hund begraben. Eine Kneipe, keine Disco, keine Zeitungen, null Fernsehen geschweige denn Nachtbars oder Kinos. Im nächsten Fischerdorf, das etwa drei Kilometer entfernt war, traf man deshalb fast nur Einheimische. Im Laufe der Jahre hatte man sich so gegenseitig kennen gelernt. Ellas und mein Wortschatz umfaßte ein Minilexikon von dreißig bis vierzig Dingen. Außer Vino Tinto, Cervesa grande oder Aqua con gas beherrschten wir eigentlich nur die La Ola. Trotzdem verstanden wir uns mit den Lanzarotern (Lanzarotenas) ausgezeichnet. Ein paar Brocken Englisch halfen uns allemal weiter. Unser Wirt, der manchmal zwar bärbeißig wirkte, war eigentlich in unserem Bungalowdorf ein herzensguter Mensch und kannte auch in dem drei Kilometer entfernten Fischernest, in dem wir Nachmittag zu Nachmittag saßen, unseren Pulpo, oder andere Tapas einnahmen,

Hinz und Kunz und zeigte uns eine wahnsinnige Gastfreundschaft. Irgendwann, als wir das erste Mal auf der Insel waren, Erholung suchten, war ich von Küche und Personal dermaßen begeistert, daß ich dem Personal eine Runde ausgab. Ich wunderte mich, daß so etwas nicht üblich war. Das war aber auch nicht das einzige Außergewöhnliche. Eigentlich dachte ich, wir hätten die Welt hinter uns gelassen, die Touries wären aus der Welt, die wenigen die unser Domizil erreichten, führten sich trotzdem auf wie Affen im Käfig, ständig mit den Fingern schnippend, warteten sie auf irgendeine Servicekraft, die sie innerhalb einer Zehntelsekunde, mit Schallgeschwindigkeit bedienen sollten und während des Essens sofort die Rechnung verlangten; einfach ekelhaft.

Ella und ich hatten doch Zeit, wir hatten Urlaub, hatten Zeit im Überfluß und siehe da wir bekamen unser Zeug viel früher als die Winkenden. Tolle Sachen zum Essen und Trinken; beschreiben muß ich dieses jetzt nicht. Ausschlaggebend ist einfach nur, daß die touristischen ‚Hektiker' nicht alles so bekamen wie sie es sich wünschten, und das war gut so. Wir sind immer höflich, nett, nicht aufdringlich und konnten uns einfach nur wohlfühlen in familiärer Atmosphäre, da unser Auftreten dem Personal einfach imponierte. Pommes frites? Nie im Leben.

Lieber frischer Mero in der Salzkruste, Kaninchen auf kanarische Art mit grüner oder roter Mojo und jede Menge Lamm, Lamm, Lamm!

„Also jetzt komm raus!"

Ella hielt mir, das erste Mal, nach neunzehn Jahren Zusammenleben, das Handtuch hoch und dann war es sogar noch mein Lieblingstuch, das mit dem FC Bayern Emblem. Anscheinend mußte ich wirklich krank gewesen sein.

„Geht's dir besser? Laß noch mal fühlen! Deine Stirn ist kühler geworden, glaube ich!" Um sich sicher zu sein drückte sie ihre an meine.

„Ein, zwei Tage, und du bist wieder fit, komm, ein Küßchen, das kann nicht schaden!"

Zuerst stocherte ich mit meinem Löffel im Suppenteller herum. „Hast du das selbst gekocht? Ich weiß, blöde Frage, aber es riecht!" Ich schnupperte.

„Nach Lamm!"

„Logisch bei Irish Stew, du wolltest es doch!"

„Ach ja, stimmt."

Eigentlich war ich erst seit ein paar Minuten aus der Badewanne raus.

„Hm, ja."

Eine Bohne als erstes, ein Stück Zwiebel. Ich rührte ein wenig, suchte mir einen Paprikastreifen, dann kam der große Augenblick. Ein Stück Lammfleisch, zuerst spielte ich mit dem Teil im Mund, schob es von der einen in die andere Backe, flutsch, weg war es. Anscheinend hatte Ella den ‚flutsch' meines Kehlkopfs bemerkt.

„Und? Wie?"

Sie schaute mich, auf einem leeren Löffel kauend, besorgt an.

„Super!"

Gierig machte ich mich über den Eintopf her. Ich vergaß sogar den Herrn Knigge, so schlürfte ich.

„Übrigens," deutete ich mit dem Löffelende zu meiner Frau. „Das war kein Albert Schweitzer Buch, sondern Erich von Däniken."

Ding Dong.

„Ich mache jede Wette, daß das dein Bruder ist, der schiebt Kohldampf. Kann der nicht vor halbelf kommen?" rief ich Ella zu während sie zur Tür ging.

Im Fernsehen hatte gerade Joachim Bublath seinen wissenschaftlichen Auftritt, sehr interessant; Folge drei der Voyagermission, wirklich super Computeranimationen, fand ich.

Ella holte mich Ruckzuck von Wolke sieben wieder runter

„Die Herrn vom BND!"

Ella hielt den Männern höflich die Tür auf während ich eilig versuchte, diese zu schließen, und zwar so schnell wie möglich.

„Was wollen die Trottel um elf noch hier und vor allem, es wird arschkalt, mach die Hütte zu. Entschuldige bitte, aber um diese Zeit und bei dieser Kälte, überhaupt habe ich mal eine Sendung gesehen in der ..."

Ella hielt mir mit einem Finger den Mund zu.

„Was kann ich für sie tun? Es ist kalt, wollen sie nicht hereinkommen?"

Der eine unterhielt sich mit Ella als ob sie sich schon jahre-lang kannten, was natürlich nicht der Tatsache entsprach, der andere war wie vorher, stumm wie ein Fisch.

„Was kann ich für sie tun?"

Meine Frage war nicht sehr höflich gestellt. Mein Blick traf Ella, doch die zuckte nur mit den Schultern und zog ihre Augäpfel nach oben.

„Kaffee, Tee?"

Ella spielte die Höfliche!

„Nein, danke! Wir sind sehr spät dran, trotzdem, vielen Dank!"

„Nun, vor allem ist uns sehr wichtig," bemerkte der Stumme, „daß vor ein paar Stunden auch seltsame Phänomene in ihrer Nachbarschaft entdeckt wurden!"

„Mich müssen sie bitte ausschließen aus ihrem Verhör, ich bin fix und fertig, krank, hungrig. Mich friert's ohne Ende. Muß das sein, daß ihr nachts noch nervt?"

Die beiden Agenten ließen sich absolut nicht beirren.

„Dürfte ich mal eure Ausweise sehen?"

Die beiden schauten sich verdutzt an.

„Was ist los? Ist unser Sofa nicht bequem genug?"

Warum rutschen die immer hin und her?

„Versuche bitte etwas höflicher zu sein!"

Ella legte beruhigend ihre Hand auf meine Schulter.

„Ist doch wahr!", wehrte ich mich gegen den unsichtbaren Protest.

„BND? Da lacht ja meine kranke Kuh!"

„Sie haben eine kranke Kuh?"

Der Stumme schien eine besondere Art von Humor zu haben.

„Nein, ich habe keine kranke Kuh, und wehe wenn Sie mich in meinem Zustand auch noch verarschen wollen!"

„Tschuldigung, ich wollte nicht ...!"

„Sei doch nicht so aufgeregt, soll ich dir ein Bier holen?"

In neunzehn Jahren hatte Ella mir noch nie ein Bier geholt. Verdutzt schaute ich in ihr Gesicht. Es sah aus wie immer. Für ihr Alter sah sie viel zu jung aus. Grüne Augen, eine südosteuropäische Nase, freundlich, lieb, aber doch nicht außergewöhnlich.

„Au ja, am besten gleich zwei, wenn's geht!"

„Jetzt mal ganz im Ernst, solange Ihre Frau im Keller ist ...."

„Woher wissen sie, wo unser Bier steht?"

„Naja."

Der Agent versuchte, sichtlich nervös, eine Antwort zu finden.

„Bei mir zuhause ist das so, Bier steht nun mal im Keller. Haben sie irgendwelche Geheimnisse zu verstecken?"

Er schaute mich mit großen Augen an und wollte mich mit seinen langen Fingern am Kragen zu sich herziehen.

„Nene mein Herr, so nicht!" drängte ich ihn zurück auf's Sofa.

„Verzeihung!"

„Ist okay!"

„Übrigens steht mein Bier im Kühlschrank!"

„Das interessiert mich eigentlich wenig, wo sie ihr Zeug hinstellen! Das ist für mich irrelevant!"

„Scheiß doch die Wand an, was wollt ihr eigentlich von mir? Soll ich eure Ausweise überprüfen lassen, soll ich die Polizei holen?"

Höflichkeit meinem Besuch gegenüber war für mich zum Fremdwort geworden

„Ich besitze zwar kein Handy, aber ein altes Tastentelefon tut's auch!" Gerade als Ella mit dem Bier kam wollte ich, wütend wie ich war, aufstehen.

Ich wollte nun endgültig die Ausweise sehen. Ella versuchte mich zu beruhige, schaffte es auch mit gutem Zureden, trotzdem schauten sich die beiden Herren ratlos an, schienen sich mit ihren Blicken zu beraten.

„Nun?"

Bei den beiden war Kopfschütteln angesagt.

„Okay, das haben wir gleich."

Ich rannte auf den Flur zum Telefon, stieß die Stubentür wütend hinter mir zu. „Hallo, Polizei, ich hätte gerne ...!"

Mehr konnte ich nicht sagen, der Finger auf der Hörergabel erledigte den Rest. Dieser Finger, so einen langen Finger kannte ich, irgendwo hatte ich schon einmal einen so langen Finger gesehen. Genau erinnern konnte ich mich nicht, aber ich war mir sicher schon einmal einen so langen Finger gesehen zu haben, doch wo oder wann soll das gewesen sein? Ich schaute meinem vis-à-vis in seine Augen, sehr lange und sehr tief, und sah dann wieder auf seine Finger.

„Ella, bist du mir böse wenn du uns mal kurz alleine läßt?"

Ella schaute mich fragend an und zupfte an meinem Ärmel.

„Nee, wieso was ist denn los?"

„Keine Sorge!" Ich küßte sie kurz. „Die beiden Typen sind aus meiner Stammeinheit, von damals beim Bund!"

„Aber du bist doch schon ‘87 entlassen worden, ohne diesen Reservistenscheiß!"

Ella machte sich richtige Gedanken und sah sehr besorgt aus. Ich dachte sogar die eine oder andere Träne entdeckt zu haben.

„Wissen die was damals im Uffzheim gewesen war? Mord?"

„So'n Quatsch!"

Ich winkte ab. Gott sei Dank ließ sich Ella schnell beruhigen. Oder aber sie spielte mir nur etwas vor.

„Nein, nein, das ist nur etwas mit einem ehemaligen Hauptfeldwebel von damals, einer aus der Geschäftsführung."

„Aber du mußt vorsichtig sein, ich weiß genau, wie ihr euch damals euren Sold aufgebessert habt, mit Zusatzeinkäufen und dann selbst verscherbelt, auf eigene Kasse quasi!"

„Da hatte ich aber nichts mit zu tun, das wissen nur du und einige Kameraden von früher. Ich hatte nur um ein paar Überstunden beschissen. Um frei zu kriegen, damit ich ein bißchen nebenbei verdienen konnte."

„Dann kann ja nichts passieren?"

„Hn, Hn." schüttelte ich den Kopf. „Nur ein paar Aussagen. Gehst du hoch ins Schlafzimmer?"

„Ich gehe bügeln!"

„Danke dir."

Ella war oben, und ich konnte meinen ‚Telefonstörer' mit den langen Fingern wieder in die Stube führen und bot ihm höflich Platz an, so daß ich seinen Kollegen im Auge behalten konnte. Zwar kaute ich nervös an meinen Fingernägeln, nippte an meinem inzwischen schal gewordenen Bier, hatte aber keine Angst, oder doch? Sollte ich die beiden jetzt kennen oder mir nur etwas einbilden. Von oben hörte ich nur Ellas ‚Gerumpel'.

„Das Haus ist sehr hellhörig, gell?"

Ich bekam nur fragende und unsichere Blicke als Antwort. Meistens brach ich jedes Schweigen, doch an diesem Abend war dem nicht so. Ein neutraler Beobachter unserer Dreierrunde hätte sein gesamtes Vermögen auf drei bis vier Stunden Schweigen setzen können, er hätte wohl gewonnen.

„Also gut!", überwand ich mich. „Wo ist der Vierte?"

„Hää, was? Welcher Vierte, du hast doch nicht ...?"

„Nein, keinen Schimmer, welcher ...?

Die beiden waren sich anscheinend nicht schlüssig.

„Ganz ruhig die Herren!"

Meine Souveränität in diesem Augenblick schien die anderen zu irritieren, am meisten aber mich. Der vierte, was? Langsam wurde ich etwas energischer, mein Mut nahm zu. Ich wurde nicht lauter, aber bestimmter.

„Äha, jaaah, also, der Vierte? Mh, mh."

„Das ist nicht seine Aufgabe!"

„Halt die Klappe!"

Das der für mich anscheinen Taubstumme, der nie etwas sagte, anscheinend doch reden und sich artikulieren konnte, schien seinen Kumpels nicht zu gefallen. Zu spät! Mein Sieg war fast perfekt.

Zuerst glaubte ich die Geschichte vom BND, doch in so einem Kuhkaff, in dem wir wohnten, weiß man normalerweise nicht einmal wie man BND schreibt. Das hat nichts mit dem Intellekt der Einwohner zu tun, es ist nur so als ob jemand in der Sahara einen McDonald eröffnen würde, ohne Cola versteht sich.

Wie sollen wir weitermachen, wie sollen wir uns treffen, wie sollen wir dieses komische Rendezvous fortsetzten? Wo treffen wir uns unbemerkt, und vor allem, wer macht mir klar, daß ich nicht am träumen oder am spinnen bin?

Soll ich diesen Leuten, von denen ich nicht weiß, ob sie Lüge oder Realität sind alles erzählen, was ich miterlebt habe? Jetzt kam ich doch raus mit der Wahrheit.

„Ich saß also draußen in einem, sagen wir, einem Art Schützengraben, und wartete auf irgendwelche Lichter!"

Die beiden wollten ihre Auge nicht wegdrehen, ich kam mir vor wie ein Museumsstück, wohl war mir nicht. Man kommt sich in dieser Situation vor wie ein unentdecktes Fossil.

Ich fuchtelte mit Händen und Füßen, um meine Glaubwürdigkeit zu bestätigen. Oder besser gesagt, meine Unglaubwürdigkeit, falls diese überhaupt bestand. Die beiden schauten sich nur an.

„Jetzt hört mir mal zu ...

„Schatz, ist was?"

„Nein, bügel weiter!"

„Dann schrei nicht so!"

„Wir haben uns nur ein paar Witze erzählt. Entschuldige bitte. Was guckst du?"

„Der Bulle von Tölz."

„Schön, viel Spaß!"

„Also!"

Ich wurde leiser.

„Ihr habt mich entführt, mir eine vorgetäuschte Grippe reingeknallt, so daß ich dachte Halluzinationen zu haben. Vielleicht noch eine Gehirnwäsche und ich vergesse alles. Oder ich denke das ich verrückt bin. Euer Plan hat nicht funktioniert. Und was habt Ihr jetzt vor? Mitwisser oder Zeugen habt Ihr wahrscheinlich nicht, woher auch!"

Die beiden drucksten nur und schauten sich gegenseitig an. Die Unsicherheit war offensichtlich. Ich stutzte und mußte mich gleichzeitig zügeln. Der Dritte fehlte noch, der wahrscheinliche Chef der beiden und vor allem der Vierte, anscheinend der Oberboß.

„Was wäre wenn er keine Zeugen mochte. Was wäre wenn ...?"

„Du brauchst dir keine Sorgen zu machen!"

Eine dunkle, computerähnlich klingende Stimme ließ mich fast automatisch herumdrehen. Genau wie in meinen Träumereien. Ich musterte mein Gegenüber.

„Du brauchst keine Angst zu haben!", sagte die kaputte Staubsaugerstimme. Seine ewig langen Finger drückten meine Hand. Aber ich bemerkte, daß ein Wohlwollen von ihm ausging.

„Normalerweise habe ich keine Angst", stotterte ich.

„Doch wenn man bedenkt, daß ich noch zwischen Einbildung und Realität aussuchen kann, halbtot mit vierzig Grad Fieber in einer Badewanne aufwache, mir so meine Gedanken mache, wenn ich innerhalb von zwei Tagen, oder nur einem, ich habe keine Ahnung, solchen komischen BND oder Marsmenschen ...!"

„Vor mir mußt du, oder müssen Sie ..."

„Mußt du!"

„OK, mußt du keine Angst haben, die beiden haben versagt, der dritte ist schon wieder anderweitig unterwegs, das alles später! Doch diese beiden sind ihren Job los, du mußt Ihnen vergeben!"

Endlich legten die zwei witzigen-BND Leute ihre Maskerade ab. Langsam kam mir wieder alles in den Sinn. Nur, daß die beiden sich so blöd verraten hatten? Seltsam, daß nur der vierte, der letzte, der, der alles aufgeklärt hatte, Ruhe und Gewißheit brachte. Jetzt hatte er nicht mehr die großen Augen, nicht mehr die langen Finger, die kurzen Glieder, nicht mehr die graue Haut und den schmalen Mund. Von jetzt auf nachher, innerhalb Sekunden formte er sich eine Nase, Ohren, und ähnelte uns Menschen, was heißt ähnelte? Er sah genauso aus wie einer unserer Spezies. Ob ich erschrocken war, keine Ahnung. Ich überlegte an wen oder was er mich erinnern könnte. Ich dachte doch vor einigen Minuten, oder als wir zusammen Kaffee tranken, normale Gestalten gesehen zu haben! Und ich gehe jede Wette ein, daß Ella alles genauso wie ich wahrgenommen hat. Jetzt sah ich wieder die Außerirdischen aus dem Schiff. Vergleiche mit anderen Lebewesen zu schließen, zum Beispiel von Mensch auf Tier, ließen mich eigentlich nie in Ruhe. Eigentlich war es egal, ob ich im Bus oder Zug saß um irgendwelche Leute zu beobachten, während des Wartens auf irgendetwas. Am Bankschalter, im Supermarkt, in der Nachbarschaft, ich vergleiche immer Menschen mit Tieren und male mir dabei aus, was der oder diejenige in einem früheren Leben wohl war. Einer oder eine hat zum Beispiel einen längeren Hals, geht etwas staksig oder hat einen runden Nasenrücken, ist etwas größer als die Norm, der oder die war mal Giraffe. Jemand anders ist stark im Nacken gedrungen und hat ein flaches Gesicht, Ochse oder Kuh? Oder Boxer, der Hund natürlich. Das sind keine Beleidigungen meinerseits, nur Beobachtungen. Was mich am meisten dabei wundert, daß die Menschen sich oft ähneln. Sei es wegen der hohen Stirn, der Frisur, der Nase oder einer bestimmten Körperpartie, zu achtzig Prozent weiß man, was sie im vorherigen Leben waren. Ich schaute ihn mir genau an. An wen oder an was aus unserem riesengroßen Potential, das hier herum kreucht und fleucht, könnte er mich erinnern? Oft frage ich mich bei meinen ‚Recherchen', warum die meisten sich so ähneln. Oft kann man auch das Sternzeichen des Objekts ausmachen. Merkmale erkennt man durch genaue und phantasievolle Beobachtungen immer wieder.

Der Fremde musterte mich als würde er das Gleiche denken wie ich, und vermutlich würde er mich als Gepard einstufen: längerer Hals, schlanke und schmale Figur mit einem kleinen Kopf.

Die meisten Leute mit denen ich zu tun hatte, behaupteten, vor allem die Mädchen (das war aber vor vielen Jahren), ich hätte Katzenaugen.

Für mich glich mein vis-à-vis eigentlich gar niemandem. Seine Gesichtszüge schienen fast gar nicht vorhanden, es war als ob ich nur angestarrt wurde. Nichts markantes, alles unscheinbar. Genau wie seine Frisur, die nicht vorhanden war. Ja mei, er war halt glatzköpfig. Wenn dieser Typ ein Verbrecher wäre hätte jeder Schwierigkeiten ihn zu identifizieren, er sah einfach zu normal aus. So aus einer Art ,Retorte'. Doch ich dachte, daß das nur mir auffallen konnte. Deren Tarnung war so gut wie perfekt.

„Kannst du dich verwandeln?"

Mir kam diese Frage selbst bescheuert vor. Die standen doch in anderer Gestalt vor mir.

„Was?"

„Ob du dich verwandeln kannst!"

Mein Gegenüber lachte lauthals, obwohl, so laut war es gar nicht, es erschien nur so. Seine Stimme erinnerte mich an einen Kehlkopfoperierten, den ich vor Jahren bei einem Schachturnier kennengelernt hatte und dessen metallisch klingende Stimme, die er durch einen Verstärker, erst einmal an den Kehlkopf gehalten, aktivieren konnte.

„Klar kann ich mich verwandeln, was hättest du gerne? Äh, einen Zauberer, vielleicht noch einen Seppl oder Kasper? Ein Krokodil wäre auch noch drin."

„Verarsch mich nicht!"

Ich versuchte meine Souveränität nicht zu verlieren, soweit sie überhaupt vorhanden schien. Aber Schein schien Schein zu sein, sonst nix.

Zur Not gab's ja noch Ella. Ella? Um Gottes Willen, bloß nicht. Was soll ich bloß Ella erzählen?

Meine Kumpels spielen gerade, was weiß ich, irgendein ..., na sagen wir Raumschiffspiel, und Ella wird mir alles glauben. Daß sie die Exterrianer mit ihrem Bügeleisen attackieren würde, wagte ich zu bezweifeln, sie würde nicht mal an sie glauben.

„Na, sagen wir einmal so ..."

Der Fremde versuchte sich eine Satz zurecht zulegen, doch dafür ging mir die Geduld zuende.

„Jetzt paß mal auf, entschuldige bitte."

Ich versuchte leise zu reden, ihm etwas zu erklären. Langsam fühlte ich mich verarscht, das ganze hin und her wurde mir einfach zu bunt. Ich deutete mit meinem Finger in sein Gesicht.

„Was mir alles in den letzten Tagen passiert ist, ist nicht normal. Ich könnte ja damit leben."

Ich fuchtelte mit dem Finger so, als ob ich ein kleines Kind ermahnen würde, immer noch vor seiner Nase umher.

„Was die letzten Tage brachten ist nicht sehr normal für mich, ich muß mich verstecken, vor Ella meine ich, meiner Frau, verstehst du? Außerdem, wärt ihr mit anderen Leuten zusammengetroffen, wären die Bullen oder das Militär zur Begrüßung bereit gewesen. Vielleicht auch noch die Feuerwehr, was weiß ich wer. Ich bleibe hier sitzen und unterhalte mich mit dir, oder euch, bekomme keine Panik und bleibe ganz einfach ruhig. Und vor allem, wenn wir kommunizieren, möchte ich nicht als Idiot behandelt werden, klar?"

„Du kannst deinen Finger wieder zu dir nehmen!"

„Oh entschuldige bitte, ich mache sonst so etwas nie!"

„Habt ihr irgendwelche Probleme?"

Anscheinend hatten wir die bügelnde Ella vergessen.

„Ihr schreit so laut!"

„Nein, alles lapetti."

„Was?"

„Alles paletti", verbesserte ich meine neuen Bekannten.

„Aber du hättest mir deine neuen Mitarbeiter schon vorher vorstellen können."

Den beiden anderen schien nichts entgangen zu sein.

„Doch ich bitte dich um eins. Solltest du von unserer Begegnung erzählen, mußt du irgendeinen Grund erfinden, warum wir uns unterhalten haben. Ein Klassentreffen oder so, dir wird schon etwas einfallen!"

„Tolle Idee!"

„Hast du eine bessere?"

„Ich hatte doch von Bundeswehrkameraden erzählt, die sind so seltsam, das fällt soweit nicht auf."

Einer der Langfinger meinte, daß es doch ganz klasse wäre einen Raubüberfall zu fingieren, die eine Entführung gleich mit beinhalten sollte.

„Vergiß es! Ella ist die erste die weiß, daß bei denen nichts zu holen ist, wir habe sehr genau recherchiert!"

„Und wenn wir jetzt als Leute der Katholischen Liga auftreten würden und dann ...!"

„Ach halte ganz einfach deine Klappe!"

Ganz aufgeben wollte Mister Langfinger noch nicht und übertönte seinen Chef.

„Angenommen die stellen fest, daß keine aktuelle Bibel im Hause ist? Du scheinst wirklich bescheuert zu sein!"

„Also gut!", sagte der normale und reichte mir seine Hand. „Machen wir es so!"

Ich stimmte zu, hob meinen Finger an die Schläfe, den Aussies zum Gruß, sie taten mir gleich.

„Ach übrigens!"

Ich hielt den normalen an der Schulter zurück.

„Was wollt Ihr eigentlich von mir?"

„Ich melde mich postalisch. Gute Zeit!"

„Dito, Gute Zeit!"

Ella war mit bügeln fertig. Ich drückte die Besucher beherzt nach draußen. Flüsternd schob ich sie weg. Es war kalt.

„Bis demnächst also!"

„Du hattest ein Date mit denen vom BND?"

„Du fällst auch auf alles herein."

Ich drückte Ella einen Kuß auf die Stirn.

„BND, hier bei uns!" Ich winkte ab. „Klar, ich bin der sowjetische Geheimdienstagent zum Lehrlingsjubiläumstreffen einladen. Die anderen waren zufälligerweise BW-Kollegen." Ich winkte ab. „Komisch, gerade nächste Woche Freitag wäre alles auf einmal, das Treffen im Sporthotel und der Scheiß von der Bundeswehr. Da kann ich eh nicht, da habe ich keinen Bock, denn da gehe ich mit Jogi ins URIAH HEEP Konzert!"

„Ach so!" Ella maß noch mal mein Fieber. „Was macht dein Kopf?"

„Ich bin nicht sicher, aber ich glaube es ist weg! Das Erkältungsbad war genial."

Ich wollte Ella noch mit in die Badewanne, das war vorgestern oder gestern, keine Ahnung, ziehen, sie wehrte sich lächelnd, zurückweisend.

„Erhol dich erst mal!"

In dieser Nacht lag ich noch lange wach neben meiner besseren Hälfte. Wieso ich? Von Milliarden Menschen auf unserem Planeten suchen die sich ausgerechnet mich aus. Logisch gab es schon immer Entführungen dieser Art, die nie jemand Ernst genommen hatte, man könnte sich doch blamieren. Aria 51 war schon lange kein Geheimnis mehr. Jeder Depp hatte schon von solchen Dingen gelesen oder gehört. In jedem Schmierblatt las man so Zeug, aber unsere vernünftigen Mitmenschen sind alle viel zu klug um einige unerklärliche Dinge zu bewältigen. Was unerklärlich ist, gibt es nicht. Ende der Durchsage.

Jetzt lag ich hier, neben meinem angetrautem Weib. Okay, sie mußte nichts mitbekommen, was so geschah in der ach so mysteriösen Nacht. War mir auch eigentlich egal. Das Material, das jeder einsehen konnte war offensichtlich. Ich kannte die Chausen aus den vielen P.M Heftchen oder aus irgendwelchen Wissenschaftsmagazinen im Fernseher. Wie oft hatten sich irgendwelche vermeintliche Spezialisten über Apollo 11 lächerlich gemacht. Gab es diese Mission oder nicht? Fachleute, die direkt am Ort arbeiteten, sich kritisch über solche Dinge äußerten, denen wäre eine solche Begegnung zu wünschen, doch nicht mir. Ich lebe noch zwischen Magnetbändern um Musik aufzunehmen und Acrylplatten, wieso ausgerechnet ich. Böse war ich mit Sicherheit nicht. Vielleicht war es eine Ehre, daß E.T. ausgerechnet mich besuchte. Oder hatte ich tatsächlich durch das Fieber halluziniert? Die Antwort war, nachdem ich in der Badewanne noch einmal sinnierte, ganz klar. Nein!

„Hast du was"?

Ella legte besorgt ihr Buch, sie pflegte im Bett bis zum Einschlafen zu lesen, beiseite.

„Geht's dir gut?"

„Oh, ja, alles paletti, ich dachte ich träume!"

Bald schlief ich ein. Das mir die letzten Ereignisse nicht aus dem Kopf gingen, lag wohl am rapid eye movement.

Der Doktorfisch vor ihm hatte noch einen Angelhaken in seiner Rückenflosse, Blut verlor er keines, aber er erzählte, furchtbare Schmerzen zu haben. Der Delphin hatte selbst einmal einen Harpunenspieß in seiner Flanke. Er konnte sich noch genau erinnern wie er zu dieser häßlichen Narbe kam. Seine Schule und er spielten wie immer, schlugen Salti, tauchten tief und stießen mit einer Riesengeschwindigkeit nach oben. So daß es für sie selbst und die Wellen des Ozeans eine Freude war. Von den schönen Wundern dieser herrlichen Welt bekamen sie in diesen Augenblicken wenig mit.

Aber das war egal.

Die Korallenriffe kannten sie sowieso schon auswendig. Diese bunten Farben – Oliv, Hell- und Dunkelblau, sowie die verschiedenen Rotschattierungen, die am Ende des Atolls ins Regenbogenfarbige gingen, hatten sie schon tausendmal gesehen. Auch die Einwohner des Riffs waren ihnen so bekannt, daß es zur Routine, ja fast zur Langeweile wurde immer alles zu betrachten oder jeden Einwohner einzeln zu begrüßen. Normalerweise, wenn es keine Beute war, wurde dies schon aus Höflichkeit getan. Nur nicht beim Spielen, Beute war heute außer Acht. Wer konnte den höchsten Sprung, wer den spektakulärsten Überschlag. Wer konnte am besten ins Meer zurückplatschen und auf seinen Wellen die schönste Schaumkrone zu zaubern?

Das waren Probleme!

Nur ein Intermezzo, denn die Nahrungsmittel wurden immer knapper. Noch vor Jahren konnten sich die Delphine ihre Beute einkreisen und dann am Strand zusammentreiben. Es war immer genug für alle da, doch seitdem die Menschen mit immer noch größeren Netzen alles stahlen, kam es oft vor, daß am Ende einer Jagd nur noch die kümmerlichen Reste übrig blieben um die sich alle streiten mußten. Das nervte Goldie, denn seine Familie war immer friedliebend und tat anderen Schulen nie weh. Genauso war es an seinem, oder besser gesagt, am Schicksalstag seiner Schule.

Sie schlugen mit den Schwanzflossen wie immer auf die Meeresoberfläche in Strandnähe, um die Opfer, das nötige Futter einzukreisen. Goldies Frau und seine Schwester mußten nebenher ihre Jungen, die sie erst kürzlich zur Welt gebracht hatten und die noch säugten beibringen, wie so etwas funktioniert. Die beiden stellten sich am Anfang sehr dusselig an, ärgerten sich gegenseitig, stahlen sich spielend die imaginäre Beute und neckten sich. Ihre Mütter mußten sie besonders im Auge behalten. Natürlich hatte die beiden genauso das Jagdfieber gepackt, aber Hänseleien wie z.B. am Schwanz ziehen oder in die Flossen zwicken war weitaus wichtiger als die blöden Fische zu fangen. Die beiden saugten eh bei Mami. Das schmeckte auch nach Fisch. Aber was tut man nicht alles, wenn die Eltern befehlen!

Ihr werdet auch mal groß! Ihr müßt lernen wie man sich ernährt, in dieser Welt einen Eindruck hinterläßt und sich in der Nahrungsaufnahmekette durchsetzt. Spielt, spielt einfach. Spielen ist das Leben. Tollt herum, seid fröhlich, denn das ist das erste Gebot, um eure Tolpatschigkeit dem Beobachter gegenüber zu bestätigen.

Der Fischschwarm, den sie an der Küste festnageln wollten, war wirklich sehr dürftig, so daß sie in ihrem Übereifer am Strand die Menschen, die alles verseucht hatten, mit Abwässern und so, völlig übersahen. Ölig war er, der Strand, übersäht von Meeresvögeln, die keine Chance mehr hatten alleine in die Freiheit zu gelangen. Wie sollte man mit Öl verseuchten Flügeln fliegen können?

Die Koordination der Delphine stimmte in keiner Weise. Sie strandeten. Diesmal schien die Beute gewonnen zu haben. Mag sein, daß die Lehrstunden der Schwertwale nichts eingebracht hatten. Sie konnten sich auf den Strand katapultieren, auf Sand landen, ne Robbe reißen und sich mit der nächsten Welle zurück ins Meer spülen lassen. Goldie & CO sollten das noch lernen. Hilflos zappelten die meisten von links nach rechts, wanden sich um ihre eigene Achse, zuckten mit allen Muskeln um wieder frei zu kommen. Glücklicherweise hatte sie noch niemand entdeckt. Für Orcas oder Pottwale wären sie eine fette Beute gewesen. Doch für Potties hätte die Strandnähe auch tödlich werden können.

Dumm gelaufen, alle Delphine strandeten. Goldie, der Chef, dachte daß seine Ausgangsposition gar nicht so schlecht wäre, seine Schwanzflosse lag noch im Meer. Das war ein Vorteil. Als er die Bredouille seiner Verwandten bemerkte schien er fast zu verzweifeln. Wenn er sich etwas ausruhen und Kräfte sammeln könnte, hätte er große Chancen wieder frei zu kommen. Doch wie er sich Überblick zu schaffen versuchte war an die Rettung seiner Schule wenig zu denken. Die meisten hatten so viel Sand unter dem Körper, daß Rettung fast unmöglich schien.

Wären es wenigstens glitschige Steine! Wenn nicht bald die Flut einsetzen würde hätten Goldie und seine Artgenossen in dieser sonnenverbrannten Gegend aus Sand kaum eine Chance zu überleben. Gut daß keine Jäger, von denen sie schon oft gehört hatten, unterwegs waren. Trotzdem war es traurig zuzuschauen, wie sich alle Delphine versuchten frei zu strampeln. Je höher die Sonne stieg, desto höher wurde die Panik. Goldie erkannte kaum noch, wer oder ob einer seiner Sippe noch lebte. Es waren aber auch einige Schweins- oder Grindwale unter den Strandbrüchigen.

Goldie hörte schon oft Geschichten von Zweibeinern die versuchten seinen Familienmitgliedern zu helfen und sie ins Meer zurückzurugeln. Das mußte ein schwerer Job gewesen sein. Zumindest versuchten sie es in der Vergangenheit, doch viele ihrer Artgenossen schafften es trotzdem nicht. Goldie bäumte sich immer wieder auf, und als er merkte, das es nichts nutzte, entwickelte er eine neue Strategie bevor ihm sämtliche Kräfte ausgingen. Einfach Kraft sparen, nicht bewegen und abwarten. Irgendwann, spätestens in sechs Stunden, sollte sich die Tide ändern, auf deutsch, die Flut würde kommen. Der Sand scheuerte zwar an seiner empfindlichen Haut, aber unter diesen Voraussetzungen war es eigentlich völlig wurscht. Durch die üblichen Pfeiflaute befahl Goldie den übriggebliebenen, wenn es denn gehen sollte das Selbe zu tun. Doch er bekam sehr wenige Antworten. Wenig Pfeifen, Goldie versuchte sich mit dem Gedanken zufrieden zu geben, daß die andern nicht tot, sondern nur ohnmächtig waren – welch schöner Gedanke. Doch jetzt sollte mal etwas geschehen. Es waren bestimmt 4 Stunden vergangen, aber es konnte auch alles trügen. Das Zeitgefühl war schon lange nicht mehr vorhanden. Mögen es 6 oder 7 Stunden gewesen sein, vielleicht auch nur eine. Mag sein, daß alles nur ein Trugschluß war.

Und tatsächlich rührte sich etwas. Goldies Augen wurden langsam wieder größer. Gemurmel, Geräusche, wie sie nur von Zweibeinern sein konnten. Goldie versuchte die Stimmung abzuchecken.

,*Okay, das Wasser war noch sehr weit weg. Ich versuche meiner Sippe etwas Leben einzuhauchen!*' dachte er mit einem erleichterten Ausblasen, das er mit seinem Kopforgan besser beherrschte als jeder andere Delphin, und stieß ein erleichtertes Seufzen aus. Goldie, der Delphin, vermochte das Rumoren der Zweibeiner zwischen dem Rauschen der dürftigen Gräser in der Wüstenlandschaft, dem Ostwind und der gerade einsetzenden Flut gut zu unterscheiden.

,*Menschen, eindeutig Menschen, die sehen nach uns, kümmern sich um uns und schieben uns ins Meer zurück. JUHU!!!*'

Goldie dankte seinem Schöpfer. In so einer verlassenen Gegend war es eher ein Zufall auf Leben, überhaupt menschliches Leben zu treffen. In diesem Falle war es absoluter Dusel. Er pfiff seiner Familie Freudenmelodien zu, auch denen, die mit ihrer Kraft mittlerweile schon am Ende waren. Die stimmten mit den letzten Atemzügen ein. OK, angenehm war das fünf- bis zehnmalige um die eigene Achse gedreht zu werden sicherlich nicht, aber was soll's. Die helfenden Hände waren mit Sicherheit schneller als die ansteigende Flut.

Goldie erwartete pfeifend von jedem die Bestätigung seiner Rettung, bekam sie aber nicht von jedem. Lebten einige nicht mehr oder waren sie nur zu schwach um Antwort zu geben?

Dem Delphin kam es wie eine Ewigkeit vor, bis die Menschen die Dünen erreicht hatten. Es war ein wohliges Gefühl, sich und seine Schule in Sicherheit zu wiegen. Muskeln entspannen, Augen schließen, sich an das Meer erinnern, Freude. Die Schule ist gerettet.

Die Menschen hatten Hacken und Messer in ihren Händen. Schlagartig sank die Hoffnung.

Von wegen offenes Meer!

Die nicht mehr vorhandene Schwanz- und Bauchmuskulatur schien wieder zu gehorchen. Was Panik so alles bewirken kann. Goldie wälzte sich hin und her und hoffte auf die rettende Flut. Die Zweibeiner kamen johlend und schreiend immer näher. Goldies Artgenossen schienen nichts mehr mitzubekommen. Wieder und wieder versuchte er mit hohen Pfeiftönen, die für Menschen nicht hörbar waren, seine Familie zu warnen. Keine Reaktion. Die Zeit wurde immer knapper und die Zweibeiner teilten schon Ihre theoretische Beute unter sich auf, und weil sie der Delphine Todes sicher waren schienen sie es nicht eilig zu haben.

Goldie strampelte um sein Leben, aber das durfte er nur, wenn er sich sicher war nicht gesehen zu werden. Die Menschen waren noch einige hundert Meter entfernt, und er versuchte dies zu seinem Vorteil zu nutzen. Als Goldie sich noch einmal umsah bemerkte er, daß Robben, Walrösser und auch größere Fische in derselben Bredouille steckten.

Jetzt waren die Schlächter da. Messer und Schlachtbeile sausten auf die ersten Opfer nieder, obwohl es bei den meisten nicht mehr nötig gewesen wäre. Goldie mußte nur noch toter Delphin spielen, in der Hoffnung, die Henker bemerkten seinen vor Angst zitternden Körper nicht. Die Jäger gingen sorgsam voran, jedes Körperteil wurde drei bis viermal umgedreht, und nach jedem Kehlenschnitt gaben sie sich triumphierend, mit erhobenen Daumen Zeichen, daß wieder einer abgemurkst war. Irgendwie schien unter den Mördern eine Art Wettbewerb zu entstehen, und je höher sie ihre Beute hielten, desto größer wurde Goldies Herzensriß.

‚Wann werde ich an der Reihe sein‘? dachte Goldie. ‚Behalte stets dieses Inferno in deinen Gedanken‘.

Während des Massakers scherzten die Zweibeiner untereinander und machten blöde Sprüche. Wie: ‚Hoffentlich fällt die Septemberjagd genauso gut aus!‘ oder ‚Hoffentlich schmecken die Biester auch!‘

Diese Ablenkung schien Goldie einen Vorteil zu verschaffen.

„He, da leben noch zwei!", rief einer.

„Die hier sind tot!"

‚Hatte der erste mich mit lebendig gemeint?‘ morste Goldie.

„Mit dem können wir nichts anfangen!" brüllte einer aus weiter Entfernung, „Der hat zu viele Narben!"

‚Das war bestimmt meine tote Schwester‘, dachte er. Die ging einem Kampf, sei es mit einem Hai oder einer Muräne nie aus dem Weg.

Als ob sie ein Stück Dreck wäre, schmiß sie der Mensch ins Wasser, in dem sie mit einem lauten Klatschen aufschlug.

Klatsch, super! Klatsch bedeutet Wasser und Wasser bedeutet Flut, noch ein kleines bißchen warten.

Goldie bibberte vor Ungeduld.

Bald wird das Wasser kommen, hoffentlich noch früh genug! Langsam wurde es brenzlig. Wie viele Meter lagen zwischen Ihm und dem Feind? Allmählich fühlte er die angenehme Kühle des Ozeans, der peu a peu seine Schwanzflosse benetzte.

‚Bitte, bitte, das Meer schneller und die Jäger langsamer!‘, morste er mir.

„Der ist in einem tadellosen Zustand!", meinte einer der Henker und deutete auf einen von Goldies Cousins. Langsam erreichte das Meer meinen Bauch, berichtete der Delphin. Noch wenige Minuten bis zur Freiheit, die innere Spannung war fast nicht mehr auszuhalten. Einerseits sollte man sich ruhig verhalten, andererseits sich so schnell wie möglich frei strampeln.

Erst später wurde ihm klar, daß seine Schule noch fast vollzählig am Leben war.

Konnte es sein, daß die sengende Hitze ihm einen Streich spielte. Denn plötzlich schwamm dieser Doktorfisch wieder neben ihm und erinnerte ihn an seine negativen Begegnungen mit den Menschen. Nicht zu behaupten es gäbe keine positiven, denn seine Vorfahren berichteten mir oft, wie viel Spaß es brachte einigen Tauchern zu begegnen. Man hielt Körperkontakt und lachte sich fast tot über die Zweibeiner, die mit ihren großen Rückenpartien, den viel zu langen Fußflossen, zu langen Fingern und den großen Augen ohne Nasen genauso aussahen wie wir, die sich aber trottelhaft im Meer bewegten.

MS (Morse Scriptum): Die können höchstens bis in achtzig Meter Tiefe tauchen, nicht bis in unsere Welt.

Als ich zwei Tage später diesen Brief in unserer Post fand und ihn etwa drei- bis sechsmal gelesen hatte, war ich etwas, was heißt etwas, ich war schwer bewegt. Wieso bekam ich so einen seltsamen Brief. Ich bekam einen halben Roman von einem Delphin, der vermutlich an einen Außerirdischen weitergeleitet wurde, mit meiner Post, so etwas irres.

Ich überlegte scharf und versuchte mich zu konzentrieren. Ich nahm an, der schwimmende Sänger, oder Pfeifer, hätte Probleme einen Kugelschreiber oder eine Computer zu benutzen, also hatte irgendjemand diesen Brief entweder übersetzt, oder man will mich in den Wahnsinn treiben.

Andererseits stand da in kleiner Schrift: ‚Bitte morsen!'.

Ergo? Eine Telegraphenstation im Meer?

Die Begegnungen, von denen keiner wissen konnte. Niemand, außer mir und meiner Phantasie! Alles schien real zu werden, wem konnte ich davon erzählen?

Verrückt sein kam eigentlich gar nicht in Frage.

Wie gesagt, in den letzte beiden Tagen ging ich hauptsächlich meinem Steckenpferd nach und spielte Triviual Persuit. 90 % aller Antworten waren null Problemo. Und ich spielte in meiner Stammkneipe mit meinem Angstgegner Schach. Meistens verfluchte ich ihn, er nahm mir immer die wichtigsten Figuren weg. Horst war eigentlich genial, und seit er nichts mehr trank, noch genialer. Manchmal gewann ich auch, obwohl die Konstellation ‚8 Halbe gegen 2 Kräutertee' nicht richtig fair war.

Denken hätte bei dieser Post vermutlich nichts genutzt, ich war mir sicher, meine geistigen Kräfte noch zu besitzen. Also, ich nahm den Brief, legte ihn zusammen, verstaute ihn in meiner Jacke, ging davon aus, daß ich keine ‚Hallus' hatte und versuchte in der Stube nach irgendwelchen Spuren der Besucher zu suchen. Ich hatte vermutlich nicht geträumt. Alles war real. Mir konnte nichts vorgemacht werden, dachte ich. Resümieren oder Fieberfantasien, die ich in der Badewanne bekam waren real, oder auch nicht. Ich wußte nicht, wie ich in die Badewanne kam! Der Brief. Ja der Brief, was soll's. Genau, jetzt hab ich euch. Ihr steckt alle unter einer Decke, alle vier, oder waren es nur drei? Jetzt bleibe ich erst mal in der Badewanne. Ich trockne mich erst mal ab und recherchiere. Keine angefaßten Kaffeetassen, keine benutzte Kaffeemaschine, doch alles nur Einbildung?

Ella schloß die Haustüre auf, schwer bepackt kam sie mit unseren Einkäufen nach Hause.

„Wie geht's, noch Fieber? Wie wäre es denn mit einem Einkaufskuß?"

„Oh, entschuldige bitte, natürlich!"

Ella rannte vom Auto, das vor der Tür stand, fast wie eine Hundertmeterläuferin hin und her, hin und her, noch mal hin und her und versuchte, Ihre Errungenschaften zu versorgen.

„Wie wäre es mit helfen?", fragte sie und schaute mich vorwurfsvoll an.

„Oh, na klar, entschuldige bitte."

Jetzt blieb sie mit dem Korb in der Hand vor mir stehen und schaute mich noch strenger an.

„Was soll das immer mit deinem Tschuldigung?"

„Entschuldige bitte."

„Entschuldige bitte, Verzeihung hier, Verzeihung da, was ist eigentlich los mit dir? Erst hängst du in so einem Baumhaus rum, dann finde ich dich im Garten in einer Mulde, die übrigens unser Erdbeerbeet war, dann pflege ich dich aus dem Halbtod wieder gesund!"

Vor Wut ließ sie fast alle Einkaufsartikel, inklusive Katzenfutter, aus ihrem Einkaufskorb fallen.

Ich konnte nicht antworten, so kannte ich meine Frau einfach nicht.

„Ja, entschuldige bitte!"

„Schon wieder, mann, du machst mich noch wahnsinnig mit deinem ‚Entschuldige bitte', das hast du vor 19 Jahren zum letzten Mal gesagt. Irgendetwas scheint mit dir nicht zu stimmen!"

Ich weiß ja auch nicht, langsam setzte ich mich, nachdem ich meiner Frau die Einkäufe abzunehmen versuchte, auf die Eingangstreppe und überlegte, was sie eigentlich von mir wollte So streng und überschwenglich habe ich sie in 19 Jahren nicht wahrgenommen.

„Was ist los mit dir?"

Das klang schon erheblich beruhigender. So kannte ich mein besseres Stück. „Erzähl mal"

„Tschuldigung, das geht nicht!"

„Du immer mit deinem Tschuldigung, Tschuldigung, immer wieder!"

Sie war irgendwie aufgebracht; was soll's, es ja könnte tatsächlich sein, daß sich Ella Sorgen um mich machte, und das mit gutem Grund.

Besonders ging's mir eigentlich wirklich nicht ohne. Die eine oder andere Träne war auch Ella nicht ausgekommen. Seltsamerweise setzte sie sich mit mir auf die Treppe im Hausgang, strich mir die Haare glatt – ich sollte das als eine Geste des Trosts empfinden.

„Ich verschwinde eine Weile!"

„Wohin?"

Ella streichelte meine Hände, schaute mich besorgt an.

„Ich gehe weg!"

„Wie, weg?"

„Ach ich weiß auch nicht, irgendwie weg, raus hier, was anderes sehen, sei's nur wegen 2 oder 3 Tagen."

„Na, nun komm schon. Wie wäre es denn nach dem Abendessen mit einer Partie Wissensspektrum?"

Ella versuchte mich in das Leben zurückzuholen und ich hatte keine Ahnung, was sie von meinen Erlebnissen mitbekommen hatte. Au ja, Trivial Pursuit und Wissensspektrum waren meine Lieblingsspiele. Vielleicht wäre dies ein persönlicher Test gewesen, um meine Hirnfunktionen auszuprobieren. Illusion oder Wirklichkeit?

Es ging Remis aus, wie immer. Gott sei dank! Später, gegen Mitternacht setzte ich mich noch an mein Küchenfenster um eine ‚Gute-Nacht-Zigarette' zu rauchen. Ich wartete, aber niemand ließ sich blicken.

„Wo gehst du hin, und wie lange?", wollte Ella wissen, als wir im Bett lagen und vor uns hin gähnten.

Das Weggehen meinerseits gab es schon einmal, vor zwölf oder dreizehn Jahren.

„Ich möchte einfach nur mal für drei bis vier Tage weg, einfach so. Am besten an einen Sommertouristenort, wir haben Winter und dort habe ich meine Ruhe."

Damals verschlug es mich an den Chiemsee, in ein tolles Wellnesshotel in Seebruck. Einige Jahre vor diesem Alleinurlaub jobbte ich bei der Konkurrenz als Kellner und schwor mir: Wenn du einmal ein paar Tage für dich hast, mach hier Urlaub. Das tat ich dann auch und brachte es in dieser Nacht meiner besseren Hälfte bei, dieses zu wiederholen.

„Von mir aus gerne."

Mit mehr Protest rechnete ich eigentlich auch gar nicht. Am nächsten Morgen verließ ich Ella für ein paar Tage, oder ein bißchen mehr?

„Erhol dich gut!", rief sie mir nach, als sie mich zum Zug gebracht hatte.

„Ich dachte, daß du dich auch mal von mir erholen willst!"

Ich glaubte aber nicht, daß dieser Satz bis zu ihren Ohren drang. Der Lärm des Bahnhofes war einfach zu stark. Ella formte die Hände noch zu einem Megafon über ihrem Mund. Sie lächelte und winkte mir hinterher.

Gut, daß ich im Zug reserviert hatte. Platzprobleme. Wenn man die Passagiere ansah konnte man entweder Panik oder eine Katastrophe beobachten. Höflichkeit war ein Fremdwort. Die, die rauswollten, ließ man nicht, weil die, die reinwollten, absolut undiszipliniert waren. Denen war es scheißegal ob eine alte Frau mit Gehhilfe unterwegs war, oder ein Kinderwagen mit Mutter. Rücksichtslos stürmten sämtliche Parteien ihre Abteile, Gott sei Dank hatte ich reserviert!

Kann ich ihnen helfen? Schaffen sie es? Oder soll ich mit anfassen? Dankeschön! Was für ein netter junger Mann! Das war meine Ernte! Ich hatte doch Zeit und mein Platz war reserviert. Durchsetzen mußte ich mich schon, denn am Wochenende wollte sich der eine oder andere ungerechtfertigter weise einen Sitzplatz erobern.

„Klasse 1, Platz 67, entschuldigen Sie bitte." Ich zog mein Ticket aus der Tasche. „Mein Platz!", deutete ich höflich und zeige auf die Reservierungskästchen, die oben angebracht waren.

„Oh!"

„Nein, nein, bleiben sie ruhig sitzen. Ich glaube, vor München wird niemand mehr zusteigen. Der Platz wird wohl reichen!"

Jetzt konnte ich es mir bequem machen. Zisch, eine Dose Bier geöffnet. Mein Kabinennachbar trug eine Bundeswehruniform, sah aber noch recht jung aus. Meine Wehrzeit lag schon eine halbe Ewigkeit zurück, trotzdem glaubte ich mich mit den Dienstgraden noch auszukennen.

„Na, Herr Hauptmann, wo geht's denn hin?"

„Leutnant!", bekam ich barsch als Antwort.

„Ah, ja stimmt. Verzeihung, bei mir ist es schon lange her."

„Hauptgefreiter."

„Wie bitte?"

„Ich sagte Hauptgefreiter. Das war mein Rang."

„Achso? Sie hatten wohl keine sonderlich gute Schulbildung.", fügte der Leutnant arrogant hinzu.

„Doch, doch. Eigentlich schon. Es war nur so, daß ich meine achtzehn Monate als verschenkte Zeit sah. Ich wollte etwas anständiges lernen und keine Z-Sau werden!"

„Sie unverschämter...!"

Der Leutnant stand wutentbrannt auf.

„Setzen Sie sich besser wieder! Eine Schlägerei in Uniform wird Ihre Vorgesetzten sicher nicht entzücken!"

Ich reagierte ganz ruhig, was mich selbst verwunderte. Während der Soldat sein Gepäck aufnahm und wutentbrannt das Abteil verließ, dachte ich noch ein leises ‚du Arschloch' zu vernehmen.

„Komisch, ich dachte an Ihrer Verkleidung ein anderes Namensschild gesehen zu haben." Fast ging eine Scheibe zu Bruch als der Leutnant die Kabinentür zuschlug.

Na also, jetzt war die Kabine schon fast leer, erst an der nächsten Station drängelten sich neue Passagiere durch die engen Gänge. Bald war auch mein Abteil wieder voll besetzt, was mir absolut nicht paßte. Eine ältere Dame, die sehr vertrauenswürdig aussah, bat ich auf meine Reisetasche aufzupassen, weil ich im Bordrestaurant etwas zu mir nehmen wollte.

„Keine Sorge junger Mann, ich passe schon auf, aber in Seebruck muß ich aussteigen!"

„Ich auch, vielen Dank. Soll ich ihnen etwas mitbringen?"

„Nein, vielen Dank, ich habe mein Brot selbst dabei."

Sie packte ihren Ochsenmaulsalat aus.

Endlich, nachdem ich mich durch den halben Zug gequetscht hatte erreichte ich das Bistro. Von Sitzplatz konnte nicht die Rede sein. An jedem Tisch saßen vier bis sechs Personen, fast alle mit Notebookstöpseln im Ohr. Der eine oder andere führte ein Handygespräch. Manchmal klingelte es hier oder da. Das war mir zu nervig. Ich ging an die Verkaufstheke um mir ein Bier zu bestellen. Der Zapfer hatte ein Basecap mit dem FC-Bayern Emblem auf dem Kopf, den kann ich duzen.

„Na, soll ich dich als Bayern-Mitglied anwerben?", fragte ich lächelnd.

Der Zapfer grinste und schob mir seinen Mitgliedsausweis unter die Nase. „20116!", triumphierte er stolz.

Je länger man schon Mitglied im Verein war, desto niedriger die Nummer. „10148!" Ich zeigte ich meine Karte mit aufgeklappter Brieftasche, als ob ich vom FBI wäre.

„Oh, du bist schon länger dabei!", nickte anerkennend der mit bayrischem Dialekt sprechende Barkeeper.

„Gibt es hier eigentlich keinen Platz zum Sitzen?", wollte ich wissen, während ich meine Zeche beglich.

„Siehst du doch, sechs Mann pro Tisch und höchstens zwei Tassen Kaffee. Lange kann ich mein Geschäft so nicht halten. Der Yuppiehaufen führt sich so auf, als ob sie etwas besseres wären, und verzehren fast nichts!"

„Dir kann's doch egal sein, du mußt nichts arbeiten und hast jeden Monat deine Kohle."

„Nee, nee!", wehrte er ab und winkte eilig. „Ich habe das Bordrestaurant seit zwei Monaten gepachtet, alles geht auf meine Kappe, aber wenn das so weiter geht sehe ich schwarz!"

„Ich kenne das ..."

„Ach, bist du auch aus der Gastronomie?"

„Logisch, ich habe in Süddeutschland zwei Lokale und jetzt ist keine Saison. Wir haben sechs Wochen geschlossen und ich versuch mich am Chiemsee zu erholen."

„Aber da ist doch jetzt auch tote Hose!"

Seine Augenbrauen zogen sich fragend nach oben.

„Genau aus diesem Grund fahre ich hin, aber wenn ich dir einen Tipp geben darf, bei mir im Laden ist es nicht selten genauso wie bei dir, manche Touris setzen sich auf einen Platz, schreiben Postkarten oder packen ihr Vesper aus. Dann geht meine Frau an den Tisch und macht ihnen klar, daß bei uns etwas zu verzehren ist. Einige bestellen dann zu viert eine Cola oder so. Aber das funktioniert so nicht. Manchmal stehen sie schimpfend auf. ‚Ich werde mich beim Bürgermeister beschweren!', aber die Keiferei interessiert sowieso niemanden. Probier es einfach so, geh von Tisch zu Tisch und nimm die Bestellungen selbst auf – keine Selbstbedienung. Sollten die Yuppies nichts anschaffen, müssen sie gehen. Draußen drängen sich die Gäste, und wenn pro Stuhl nur ein Getränk geht, ist das schon mehr wie jetzt!"

„Vielleicht hast du recht, ich werde es versuchen!"

‚Meine Damen und Herren, sehr verehrte Reisende. In wenigen Minuten erreichen wie Seebruck am Chiemsee. Ich wiederhole …‘, hörte ich eine kratzende Stimme über den Bordlautsprecher ansagen.

Ich drückte dem Keeper die Hand.

„So, jetzt muß ich aussteigen, was bin ich schuldig?"

„Laß mal gut sein, für den Tipp!" Er zwinkerte mir zu.

„Ok, danke, viel Erfolg und ein gutes Geschäft!"

Wir schüttelten uns noch die Hände. Im Abteil herrschte Aufbruchstimmung. Ich bedankte mich bei der älteren Dame und hievte ihren schweren Koffer aus dem Zug.

Das Hotel ‚Aquarius' lag wunderschön in dem eingeschneiten Dorf, gegenüber von dem Lokal, in dem ich vor über 20 Jahren gearbeitet hatte. In einem Haus, in dem ein berühmter, bayerischer Heimatdichter das Licht der Welt erblickt hatte.

Ich sinnierte über alte Zeiten; dort drüben war es, wo ich meine ersten kellnerischen Fähigkeiten zur Schau stellte. Meistens ungehobelt den Touristen gegenüber, doch beim einheimischen Publikum genoß ich eine Art Fanstatus. Naja, lang war's her.

Erst mal ins Hotel, dort eingecheckt und die Reisetasche ins Zimmer geballert. Dann wollte ich mich im Ort umsehen, es mußte sich nach dieser langen Zeit bestimmt viel verändert haben. Der Ortsteil auf der rechten Seite war völlig neu, zumindest gab es diese Häuser an der Flußmündung vor 20 Jahren noch nicht. Naja, so neu waren die Gebäude nun auch wieder nicht. An manchen bröckelte schon der Putz ab und einige Balkone könnten einen Schluck frische Farbe vertragen. Eigentlich war ich immer ein Schneehasser gewesen, doch heute machte es mir nichts aus durch dieses weiße Zeug zu stapfen, es war sogar angenehm und schön. Irgendwie gehörte es zu dieser ländlichen Idylle. Die Szenerie hatte etwas Romantisches, als sich die Sonne langsam verabschiedete und sich ihr Rot in den, von den Häuser hängenden Eiszapfen spiegelte. Es fehlte nur noch ein geschmückter Tannenbaum, doch Weihnachten mit all seinem Streß war, Gott sei Dank, seit vier Wochen vorbei. Das Dörfchen gefiel mir immer noch, trotz einigen Neubauten. Das Bauamt legte anscheinend Wert darauf das Ortsbild nicht zu verschandeln, wie in manch anderen Städten.

Okay, genug gesehen, sagte ich zu mir selbst und machte mich auf den Rückweg ins Hotel. Ich wunderte mich über die vielen Bushaltestellen. So viele gab es vor Jahren noch nicht. Wahrscheinlich hatte der Bustourismus schwer zugenommen.

Plötzlich vernahm ich lautes Gebrüll.

„Bleib stehen du schwarzes Schwein!"

Ich schaute mich um. Die Häuser verteilten das Echo dieses Schreis so, daß ich nicht ausmachen konnte wo das Gebrüll, das sich jetzt mit schwerem Fußgetrampel vermischte, herkam.

„Bleib stehen du Sau!" Trampel trampel.

„Haut ab, laßt mich in Ruhe!", schrie eine andere Stimme, die sich vor Angst zu überschlagen schien.

„Du brauchst gar nicht wegrennen, wir kriegen dich schon. Speedy, du kommst von hinten, Sylvia, Bert und Meier, links. Die anderen bleiben bei mir!", hörte ich laute Befehle rufen.

Jetzt sah ich, es war noch nicht ganz dunkel, eine Gestalt hinter einer Häuserzeile auftauchen. Hektisch drehte sie sich mal nach rechts, mal nach links und schien auf der Flucht zu sein. Das Geschrei hörte man immer noch im Hintergrund. Die Gestalt kam jetzt auf der anderen Straßenseite auf mich zugerannt. Voller Panik stolperte sie fast über ihre eigenen Beine. Schnell kam sie näher und versucht sich in einer dieser Bushaltestellen zu verstecken. Jetzt konnte ich erkennen, die Gestalt war dunkelhäutig, vermutlich männlich. Es war ein männlicher Schwarzafrikaner. Aber das konnte doch nicht wahr sein, er wurde verfolgt, verfolgt in so einem kleinen Kaff! So etwas gab es vielleicht in Berlin oder in Frankfurt, aber doch nicht hier auf dem Land. Jetzt kamen die Häscher näher. Von links drei, von rechts drei, und weitere vier aus einer Sackgasse. Sie trugen Lederklamotten, schwere Springerstiefel und waren mit Baseballschlägern bewaffnet. Für den Schwarzen sah es zappenduster aus. Ohne zu überlegen rannte ich zu ihm in die Haltestelle und wäre dabei fast noch ausgerutscht. Außer Atem erreichte ich das vermeintliche Versteck.

„Hi, weißt du wenn der Bus Richtung Stadt kommt?"

„Was willst du von mir, ich habe dir nichts getan!"

Zum Schutz vor einem Angriff hielt er sich die Arme über den Kopf. Seine Stimme, die bestes Deutsch sprach, überschlug sich dabei vor Angst!

„He, ich wollte nur wissen, wann der nächste Bus fährt! Ich tu dir nichts, ich habe mit den anderen Idioten nichts am Hut!"

Der Afrikaner schützte sich immer noch, er hatte überhaupt kein Vertrauen mehr. Er kauerte in seiner Ecke wie ein angeschlagener Boxprofi, doch im Gegensatz zu diesem hörte ich ein leises Wimmern. Vorsichtig versuchte ich ihn zu berühren, nur an der Schulter um meinen Freund zu beruhigen.

„Ich bin keiner von denen, ich wollte dir eigentlich helfen!"

„Da ist das schwarze Schwein!", brüllte einer der Idioten neben mir.

Die anderen Skinheads bauten sich hinter dem Anführer auf, so daß keine Fluchtgefahr bestand.

‚Wie feige!', dachte ich für mich. Ich stellte mich dem Anführer entgegen, versuchte aber gleichzeitig dem Gejagten Schutz hinter meinem Rücken zu bieten

„Oh, ein Niggerfreund!"

Der Anführer der Bande grinste mich hämisch an und schlug rhythmisch mit seiner Keule auf seine Handfläche.

„Du mußt ein Urlauber sein, sonst wüßtest du das unsere Krankenhäuser qualitativ nicht hochwertig sind, laß uns den Kerl und mach dich vom Acker!"

„Mich wundert nur, daß du so schwierige Worte wie qualitativ aussprechen kannst. Verstehen wirst denen gesprochenen Satz wahrscheinlich nicht, wer hat dir das aufgeschrieben?"

Ich blieb ganz ruhig stehen. Der Skinhead wurde sichtlich nervös. Das könnte gefährlich werden, doch mir war das in diesem Moment egal. Ich war fest entschlossen diesem braunen Mop die Stirn zu bieten und provozierte weiter.

„Ach, ich bin doch bescheuert, warum sollte dir jemand etwas aufschreiben, du kannst ja sowieso nicht lesen!"

„Du, ich hau dir gleich eins in die Fresse!"

Drohend winkte er mit seiner Faust. Oh je, dachte ich. Doch plötzlich, zu meiner Überraschung, mischte sich jemand anderes ein.

„Halt! Stopp, laß ihn in Ruhe!", rief eine weibliche Stimme aus dem Hintergrund.

Bis jetzt hatte ich noch keine Möglichkeit nach meinem Schutzbefohlenen zu sehen, nur sein Zittern hinter mir war zu spüren. Ich starrte meinen Widersacher an, doch nicht direkt in, sondern nur zwischen seine Augen. Das soll nervös machen, hatte ich einmal irgendwo gelesen.

„Legt die Knüppel weg!", befahl die weibliche Stimme, und tatsächlich senkten die Skins ihre Waffen. Der Afrikaner kauerte noch immer hinter mir.

„Ach nein!" rief ich erstaunt, als sich die Stimme in ein Wesen verwandelte. „Sylvie, du bist immer noch in diesem Kaff? Dick bist du geworden!"

„Wie du siehst!"

„Ob du den Typen kennst oder nicht!" bellte der Anführer. „Aber Kaff soll er zurücknehmen!"

„Entschuldige, aber das mit dem Kaff war nicht böse gemeint!"

Er zog seine abermals seine zum Schlag bereite Waffe knurrend zurück.

„Das du bei so einem braunen Sumpf mitmachst? Früher glaubte ich dich besser zu kennen!"

„Soll ich ihm den Schädel waschen?", der Anführer ließ keine Ruhe.

„Nein!" flüsterte Sylvia in sein Ohr, doch so, daß es alle hören konnten. „Wir könnten 20 Mann sein, gegen den hätten wir keine Chance!"

„Gegen einen?"

„Glaub's mir! So, dann bin ich also dick geworden?" Sylvia wandte sich wieder zu mir. „Und du nimmst immer noch kein Blatt vor den Mund!"

„Ich sage was ich denke, immer noch. Wissen eigentlich deine Eltern was du hier so treibst, oder leben die etwa nicht mehr?"

„Oh doch, denen geht es gut. Sie leben immer noch in der Nähe von Aalen – nur Zari und Lyra sind schon lange tot!"

„Naja, ist ja schon eine ganze Weile her. Gibt es Nachfolger?"

„Jede Menge! Und alle sind so erfolgreich wie Chris, der ist übrigens auch tot, er wurde nur fünf Jahre alt."

Ich konnte mich noch genau an den ersten Tag bei Silvia erinnern. Sylvies Mutter und ich saßen am Wohnzimmertisch und lösten Kreutzworträtsel. Meistens mußte mir Frau Holl dabei helfen. Ich bin zwar nicht der dümmsten Einer, doch Sylvias Mutter hatte zwei Vorteile mir gegenüber. Erstens das Alter und die

Erfahrung und zweitens mußte sie keine Angst haben. Mir schlotterten schon die Knie wenn ich nur auf die Uhr sah. Halb zwölf, um zwölf wollten sie zuhause sein. Die Spannung wuchs in mir wie in dem Film High Noon, mit Grace Kelly und Gary Cooper. Der Zeiger schien sich immer schneller meinem Problempunkt zu nähern.

„Europäische Hauptstadt mit drei Buchstaben!", fragte mich Frau Holl, innerlich gleich loslachend.

„Was? Keinen Ahnung, es ist gleich Zwölf!"

„Du mußt doch keine Angst haben!"

„Wenn sie wüßten!"

Dann war es soweit. Ich hörte von draußen wie sie sich polternd den Schnee von den Schuhen stampften, dann ging der Schlüssel ins Schloß und ich machte mir fast in die Hose.

„Wir sind da. Der Junge soll aufstehen, sich nicht bewegen und die Hände unten lassen!" rief eine Männerstimme, Sylvias Vater.

„Los, du hast ihn gehört, steh auf!", forderte mich Sylvies Mutter auf.

Auch wenn es mir wahnsinnig schwer fiel tat ich was sie verlangten. Und da kam er – Christian von der Ahornschlucht!

„Ruhig!" befahl Herr Holl, und ich wußte nicht ob er mich oder diesen riesigen Schäferhund meinte. Das 70 Zentimeter hohe Tier kam auf mich zu, beschnupperte meine Hände und ließ mich links liegen, als ob ich schon ewig und acht Tage in diesem Haus wohnte. Am nächsten Tag führte ich ihn Gassi.

Jetzt, als ich Sylvia begegnete, kam es mir vor, als ob das alles erst gestern passiert war.

„Deine Eltern würden sich schämen für dich!" warf ich ihr vor.

„Wo wohnst du? Hast du Geld?" wollte Sylvia wissen.

„Ich habe mir einige Tage frei genommen. Dort im Aquarius hab ich ein schönes Zimmer mit Seeblick genommen! Wieso sollte ich kein Geld haben?"

„Dann hast du dich aber schwer geändert, du darfst mich zum Essen einladen!"

„Als Erstes zieht sich dein Haufen hier zurück, aber zackig!" befahl ich.

61

„Okay!" Sylvie zog dem Anführer am Arm: „Kommt Leute, es ist vorbei!"

Die Meute murrte noch, während sie langsam davon schlich. Sylvia drehte sich noch einmal um.

„Acht Uhr?"

„Ja, wie im Fernsehen, acht Uhr im Hotel!" rief ich ihr nach, bevor ich mich um den verschreckten Afrikaner kümmern konnte.

„Geht's dir einigermaßen gut?"

Behutsam stütze ihn unter den Achseln und half ihm hoch.

„Ja, ich glaube aber..."

Er redete nicht weiter.

„Was ist, bist du verletzt?"

Vorsichtig tastete ich ihn ab. Es schien nichts gebrochen zu sein. Wie denn auch, er wurde, so wie ich es mitbekam, körperlich nicht traktiert, es sei denn sie hatten ihn vorher schon mal in der Mangel. Die Untersuchung ging weiter. Wie gesagt, körperlich war ihm kein Haar seiner Locken gekrümmt worden, doch seelisch hatten sie ihn wohl erwischt. Die nasse Hose kam bestimmt nicht vom Schnee, in dem Zustand, in dem er sich befand.

„Du brauchst dich nicht zu schämen!" beruhigte ich ihn. „Du kommst erst mal mit mir ins Hotel. Ich werde dir trockenes Zeug geben, so kannst du nicht nach Hause. Du wirst dir den Tod holen!"

Der Schwarze sah mich mit traurigen Augen an und wischte sich ein, zwei Tränen ab und ich stützte ihn, bis wir im Hotel angelangten.

„Möchten sie diesen Herrn mit auf ihr Zimmer nehmen?"

Der Ton der Rezeptzionistin gefiel mir absolut nicht. Ganz sachte winkte ich sie mit meinem Zeigefinger zu mir, der Tresen zwischen uns schien gar nicht zu existieren. Dann schaute ich ihr tief in ihre Augen.

„Junge Frau, ich bin nicht schwul, falls sie das glauben sollten. Und wenn es so wäre, ginge das Sie einen Scheißdreck an. Dieser Mann braucht meine Hilfe, und sollten Sie oder Ihre Kollegen etwas dagegen einzuwenden haben, brülle ich ihr stinkfeines Hotel dermaßen zusammen, daß die Polizei die nächsten vier Wochen nur noch Neonazis bei ihnen suchen wird. Ich habe keine Ahnung wie sich das auf Ihren Ruf auswirken würde. Und jetzt den Schlüssel für Zimmer 12, und eine Tischreservierung für

20 Uhr, zwei Personen, ist das klar oder soll ich deutlicher werden? Übrigens ist mein Essensgast weiblich, noch irgendwelche Fragen?"

„Nein, entschuldigen Sie bitte!"

Das junge Fräulein händigte mir zitternd meinen Schlüssel aus und versuchte zu lächeln, und wie falsch.

„Irgendwelche Schwierigkeiten?", fragte ihr Chef, der zufällig vorbeischaute.

„Nein, alles in Ordnung!", antwortete sie höflich, hoffend, daß ich nichts mehr sagte.

„Selim, Selim Mohat!"

Der Afrikaner stellte sich höflich vor, nachdem ich ihn mit einer warmen Dusche und frischen, trockenen Klamotten versorgt hatte.

„Oh ja Selim, darf ich Selim sagen?"

„Das ist mein Name, und Ihrer?"

„Sag du, nicht Sie!"

„Bei uns ist es üblich, ältere Leute höflich zu siezen!"

„Das finde ich sehr schön, aber ich fühle mich immer so alt, wenn mich jemand so anspricht. Tu mir bitte einen Gefallen und sage du!"

„Okay, ist in Ordnung, wie heißt du?"

„Hacker, alle meine Kumpels nennen mich Hacker!"

„Aha, dann bist du wohl ein Computergenie!"

„Nein, nein! Ich weiß zwar wie man das Wort Computer buchstabiert, aber Hacker kommt eigentlich von ‚Hacker Pschorr‘, meinem Lieblingsbier. Irgendwann hatte ich einmal ein Wetttrinken gewonnen, seit dem, na ja!"

„Ach so, sehr schön!", lächelte mich Selim mit strahlend weißen Zähnen, anscheinend wieder einigermaßen auf dem Damm, an.

„So, dann gehe ich jetzt mal."

„Bist du wirklich Ok, soll ich dich noch zum Bus bringen?"

„Wenn es dir wirklich keine Mühe macht, ich glaube ..." meinte er verlegen „Ich fürchte mich noch etwas, das war heute schon übertrieben hart!"

„Okay, ich begleite dich, und was soll ich mit deinen Klamotten machen?"

Ich hielt Selim seine nassen Kleidungsstücke vor die Nase.

„Ach so, meine Klamotten. Ich gebe dir meine Adresse, kannst du sie mir vorbeibringen?"

„Bißchen weit nach Afrika, meinst du nicht?"

Selim lachte das erste Mal, seit ich ihn kennen gelernt hatte.

„Um Gottes Willen, ich wohne in Seebruck, zehn Kilometer, mehr nicht."

„Du kommst bestimmt die nächsten vier Tage noch mal ins Dorf. Solange bleibe ich hier und mach etwas Urlaub. Komm einfach vorbei und hol deine Klamotten selbst ab!"

„Ist in Ordnung, mach ich. Mein Bus geht in sechs Minuten."

„Sekunde, ich zieh mir nur noch die Schuhe an!"

Dann kam auch schon der Bus. Selim umarmte mich.

„Vielen, vielen Dank für deine Hilfe, das werde ich dir nie vergessen. Ich weiß nicht was ich ohne dich gemacht hätte. Die hätten mich umgebracht!"

„Ist schon gut."

„Kann ich dich noch um einen Gefallen bitten?"

„Busgeld?"

Selim schlug sich an die Stirn.

„Ach so, dann sind es zwei Gefallen."

„Was denn?"

„Erzähle bitte niemandem von meiner nassen Hose!"

„Verlaß dich drauf!"

Ich gab ihm das Fahrgeld und er mir seine Hand, als Freundschaftsbeweis.

„Hatten sie heute Probleme mit unserer Empfangsdame? Wenn ja muß ich mich entschuldigen!"

„Machen Sie sich keine Sorgen", winkte ich ab, um den Hotelmanager zu beruhigen. „Es war nur ein Mißverständnis!"

„Dann bin ich ja beruhigt."

Seitdem ich vor zwanzig Jahren das letzte Mal hier war, hatte sich eine Menge verändert. Der Wellness-Bereich beschränkte sich damals auf einen Pool, heute gab es sogar ein Wellenbad. Der hintere Trakt mit Fischer- und Jägerstube war neu angebaut.

„Sagen Sie mal ...,", fragte ich einen Angestellten, der gerade ums Eck kam. „... war das nicht früher Dumpfmüllers Stall?"

„Ja genau."

So schnell wie er angeschossen kam war er auch schon wieder ums Eck verschwunden.

Sonst war alles wie früher, die ausgestopften Fischköpfe, die ausgestopften Jagdtrophäen, das gesamte bayerische Traditionszeug, daß man in jeder Heimatfilmkulisse finden konnte, einfach heimelig und schön.

„Du bist wie immer überpünktlich!" Sylvie sah ganz anders aus, als ich sie am Spätnachmittag wieder sah.

„Wo sind deine Bomberstiefel?"

„Naja, ich wohne hier im Ort, und die würden richtig dämlich aussehen. Und außerdem, nerv mich nicht, ich hab Kohldampf, laß uns reingehen."

Drinnen nahm ich ihr die Jacke ab.

„Mußt du bei dieser Kälte rückenfrei rumrennen?"

„Erstens renne ich nicht und zweitens geht das dich nichts an!" antwortete Sylvia forsch. „Los, gehen wir."

Vornehm tuend hielt ich ihr die Glastüre auf.

„Wow! Mantel abnehmen, Türe aufhalten. Respekt, du bist ein richtiger Gentleman geworden, fehlt nur noch die Rose!" grinste Sylvia.

„Ein Gentleman war ich auch schon vor 20 Jahren, als wir noch verlobt waren, das ist dir mit deinem Getue nur nie aufgefallen. Was die Rose betrifft, ich lade dich ein, da brauchst du keine geschissene Blume für zweiuffzig!" motzte ich ihr ins Gesicht.

„Für zwei Personen?"

„Ja bitte,ich habe reserviert!"

Der Kellner wies uns einen gemütlichen, kleinen Tisch zu.

„Entschuldigen sie, Maitre, heute Nachmittag stand ein Schild vor der Tür. ‚Heute Abend Stubenmusik'. Wäre es nicht möglich dort einen Platz zu bekommen?"

„Überhaupt kein Problem, wir habe Mitte Januar, da verirrt sich sowieso selten ein Gast aufs Land."

Der Kellner führte uns in einen rustikalen Raum mit Holztäfer an der Wand und einem Boden, der mit dicken Teppichen ausgelegt war. In der Ecke befand sich ein offener Kamin mit einem romantischen, loderndem Feuer, direkt neben den Instrumenten.

„Bitte sehr, alles für Sie!"

Der Kellner schob höflich Sylvies Stuhl vom Tisch und ließ sie Platz nehmen. „Oh, das hast du alles für uns arrangiert? Ich danke dir!" Sylvia kamen Freudentränen.

„Na wenn ich ..."

„Halt die Klappe!"

Ich zwinkerte dem Kellner zu. Sylvia wußte nicht, daß wir die einzigen Personen waren, die reserviert hatten.

„Erzähl!"

Sylvie rutschte nervös und ungeduldig hin und her. "Was soll ich denn erzählen, was willst du gerne hören?" Sylvie war recht ungeduldig.

„Na was du die letzten Jahre so erlebt hast!"

„Da gibt's nicht viel zu erzählen, überhaupt glaube ich nicht, daß dich mein Leben etwas anginge!"

„Haben die Herrschaften gewählt?"

„Für mich bitte als Erstes den geräuchten Hirschschinken, danach die Knoblauchsuppe, dann vielleicht zehn Minuten Pause. Wie sieht es mit der Chiemseerenke aus?"

„Bedaure, Schonzeit!"

„Oh. Welchen Fisch würden Sie mir empfehlen?"

„Der St. Pierre kam heute frisch von Rungis Expreß, sehr zu empfehlen."

„Okay, ist in Ordnung, und die Dame?"

„Dasselbe bitte, mit dem Dessert warten wir noch, und zum Trinken eine Halbe und für mich einen halben Liter Rot trocken. Und eine große Mineralwasserflasche, vielen Dank!"

„Danke auch!"

„Ein Viertele Trocken und ein Wasser, wie meine Frau." Ich schüttelte meinen Kopf.

„Wie, deine Frau?" Sylvia hob von ihrem Stuhl ab wie eine Pershing. „Du bist verheiratet? Ich dachte du wärst der letzte Mensch, der jemals heiraten würde. Du und deine Freiheit, das war immer wie ein Heiligtum, das Gleiche wie, wie, wie... Mir fällt nichts ein, ich bin einfach nur baff, platt!"

„Mußt du wirklich nicht sein. Ich bin mit Ella seit 20 Jahren liiert, ungefähr seitdem wir uns trennten. Als du mich verlassen hattest!"

„Mit gutem Grund!"

„Ach, das interessiert heute keine Sau mehr!"

„Und, wie viele Kinder habt ihr?"

„Um Gottes Willen, für so Dinge hatte ich nie Zeit, so weit solltest du mich kennen!"

„Stimmt, deshalb ging ich auch öfters mal fremd, damals."

„Ach laß doch die alten Klamotten. 20 Jahre sind ein Viertel Leben und noch lange nicht das Ganze. Manche Kumpels sind schon zum dritten Mal geschieden, manche haben vier Kinder aus vier oder fünf Ehen, das wissen sie selber nicht so genau. Nachdem ich mich von dir verpfiffen hatte, meldete sich Vater Staat bei mir und verpaßte mir eine schmucke Uniform!"

„Mach keine Witze, du Oberrevoluzzer warst beim Bund?"

„Allerdings, aber nur Wehrpflicht. Das war damals das Gescheiteste, was ich machen konnte, in meiner Situation. Da war ich wenigstens versorgt, und während des Urlaubs konnte ich bei Hemmler arbeiten und richtig Kohle verdienen!"

„Hemmler hat dich wieder eingestellt?"

„Logisch, du kennst doch meine Fähigkeiten, ich schmiß die Küche fast alleine!"

„Das kann ich mir gut vorstellen, aber mich hätte er nie wieder genommen, nach dem was damals geschehen ist!"

„Wer weiß! Ja, und seit 16 Jahren sind wir selbstständig, eigenes Lokal und so!" Sylvia pfiff durch die Zähne.

„Selbstständig, als was?"

„Na als Wirt, ich betreibe eine Gaststätte zusammen mit meiner Ella!"

„Hääh, als was? Noch mal, du bist Wirt?"

Sylvia konnte sich mit ihrer Lacherei noch nie beherrschen, gut das sie vorher den Wein geschluckt hatte, der Teppichboden würde sich bedanken. Jetzt kringelte sie sich auch noch auf dem Boden. Vor allen Leuten, dachte ich. Aber es waren nur wir zwei, die den Publikumsverkehr beherrschten.

„Wirt, du bist Wirt!" Jetzt zeigte sie mit den Finger auf mich und lachte wieder, und wie laut. „Ich weiß noch wie du den bei den Touries...!"

Sie prustete schon wieder los. Langsam wurde mir es peinlich.

„Der Herr hat einen Witz erzählt?"

Gerade zum wichtigstem Punkt kam der Kellner mit vollbeladenem Tableau. Sylvia lachte weiter und steckte damit die Kellner an, die wußten zwar nicht warum sie lachten, taten es aber trotzdem.

„Wirt! Hahaha, hihihi, wie viele Gäste hattest du am Tag, drei oder fünf?"

„Jetzt krieg dich mal wieder, daß ich seriös war, weißt du genau!"

Sylvie guckte mich kurz mit großen Augen an. „Seriös! Wirt! Ich lache mich kringelig, hihihi!"

Dann war es das Beste für mich auf Toilette zu gehen. Im Hintergrund hörte ich das gesamte Personal lachen, wer weiß warum.

„Na wieder beruhigt?"

Als ich aus der Toilette kam, spürte ich brennend die Blicke sämtlicher Angestellten aus allen Richtungen kommend.

„Was ist witzig daran, daß ich Wirt bin?"

„Sei mir bitte nicht böse, wir waren zwei Jahre zusammen, da weiß ich natürlich einiges. Normalerweise hättest du dein Trinkgeld doppelt an die Gäste zurückzahlen müssen. Sei's drum!"

„Ich bin in der Küche, und meine Frau betreibt den Service, und zwischen der Küche und dem Lokal befindet sich eine sehr stabile Holztüre, zur Touristenabwehr!"

„Und deine Angestellten?"

„Die würden nie woanders arbeiten wollen. Und jetzt zu dir, was machst du, wenn du grad keine unschuldigen Ausländer jagst?"

„Höre bitte mit diesem Thema auf, das verstehst du nicht!"

Jetzt schien der Abend vollends aus den Fugen zu geraten, zuerst werde ich ausgelacht und dann soll ich nicht verstehen, das 13 bis 15 Skinheads einen Schwarzafrikaner versohlen wollen.

„Du verstehst das nicht!"

„Ich verstehe das nicht?"

Ich denke, daß mein Gebrüll noch in dem Land, um das es ging, zu hören war.

„Oh, ja..., da hast du vollkommen Recht. Ich verstehe das nicht. Und jetzt bringe mir eine aus deiner Kohorte, der ein bißchen Hirn besitzt um zu verstehen, was die so treiben und das verstehen könnte. Da läuft eine dunkelhäutige Person durch so ein Kuhkaff und ihr habt nichts Besseres zu tun als ihm aufzulauern und ihn zu verprügeln. Ihr habt nicht den geringsten Anhaltspunkt, was derjenige hier zu schaffen hat, vielleicht ist es ein Computerspezialist wie die Inder, die extra nach Deutschland geholt werden, weil die Unseren zu blöd für solche Jobs sind. Hast du dich eigentlich schon mal durch irgendwelche Studien schlau gemacht, wie das mit der Bildung in Deutschland aussieht? Nein, du hast ja andere Dinge zu tun!"

Ich bemerkte in meiner beginnenden Rage weder die Verlegenheit in Sylvias Gesicht, noch irgendetwas anderes um mich rum. Einige Bierchen halfen mir dabei, so frei und unverblümt loszulegen.

„Bildung ist in Deutschland ein Fremdwort geworden. Man braucht nicht zu diskutieren, ob unsere Lehrer von den Schülern fertiggemacht werden oder umgekehrt. Fakt ist, daß beide Parteien ihre Schwierigkeiten haben, und die sind größer als Außenstehende bemerken!"

„Du fängst an zu lallen", meinte Sylvie.

„Den Schülern ist langweilig, weil sie teilweise unterfordert sind und die überforderten Lehrer blicken es auf keinem Auge mehr, weil sie einfach ihren Stoff selbst nicht mehr beherrschen. Ich mußte in der neunten Klasse meinem Englischlehrer erst einmal die Aussprache der Vokabeln beibringen. Also hat in den Schulen niemand mehr richtig Bock zum Arbeiten oder zu lernen. Was passiert? Alle giften sich an und das führt dann bis zum Krieg untereinander, und so wird die Ausländerfeindlichkeit geschaffen, denn die müssen am meisten drunter leiden. Keiner kümmert mehr sich um den anderen, jeder kehrt vor seiner Tür und wenn er damit nicht klarkommt, schiebt er den Dreck zum Nachbarn!"

„Darf's noch etwas sein?" erkundigte sich der Kellner.

„Oh ja, für mich noch bitte eine Halbe und für meinen Gast ein Viertele Roten!" Ich prüfte nochmals alle Gläser auf dem Tisch. „Merlot, glaube ich!"

„Ich hatte den ganzen Abend noch keinen Merlot, ich glaube du verwechselst mich mit deiner Frau!"

„Ach ja, stimmt ja, entschuldige bitte!"

„Einen Riesling und ein kleines Wasser dazu!" Zwinkerte Sylvia dem Kellner zu.

Ich hatte es trotz geringer Schlagseite bemerkt, das Zwinkern. Vielleicht sollte ich mich etwas zurücknehmen, aber das Ausländerthema nahm mich richtig mit, und die Erinnerungen an den heutigen Nachmittag zehrten immer noch an meinen Nerven.

„In meinem Betrieb arbeiten 90 % Ausländer!", fuhr ich mit erhobenem Finger fort. „Wehe dem, der einen von ihnen auslacht oder hänselt, der ein deutsches Wort verkehrt ausspricht oder nicht richtig artikuliert, dem Gnade Gott. Wir Arier überlegen uns jedes Jahr wohin wir in den Urlaub fliegen sollen, das Wort Arier ist übrigens die Übersetzung von Trottel. Die einen fliegen nach Kenia, andere nach Polen oder in die Türkei, Spanien oder Italien und was weiß ich, sonst noch wohin. Ganz stolz hält man dann das Wörterbuch in der Hand, weil man seinen Fraß richtig bestellt hat und unsere Gastgeber lachen sich heimlich krumm, doch sie lachen nett und versuchen unsere Fehler zu korrigieren. Gäbe es so etwas auf unseren Schulen und jeder sähe des anderen Miß-geschick, kämen wir nie in solche Bredouille, wie sie heute gang und gebe sind. Von dem mal abgesehen, gehe du einmal als Bayer auf eine niedersächsische Schule oder als Thüringer auf eine schwäbische, na dann gute Nacht, und dann vielleicht noch mit anderer Hautfarbe, trotzdem gebürtiger Deutscher, ooohje. Wir Idioten hängen doch, sobald die ersten Sonnenstrahlen durch die Wolken glotzen, sei's auch bei minus zehn Grad draußen, wenn es geht, um vom reflektierenden Schnee unser strahlendes Weiß anrösten zu lassen. Da fliegt mir doch der Gedanke zu, daß ihr braunes Gesockse eigentlich auf die richtigen Braunen oder Schwarzen neidisch sein müßt, anders kann ich mir das nicht erklären. Die echten Dunklen sitzen nicht nur in einer Ecke oder in der Kneipe und warten bis ihnen jemand etwas Gutes tut und etwas geschenkt bekommen, Hartz 4 oder so, die warten nicht bis einer vom Arbeitsamt fragt ‚Ist dieser Job zumutbar für Sie?' – neee, die hatten den Mut, ihre Familien zu verlassen um in einem fremden Land mit fremden Kulturen ihr Glück zu versuchen, da-mit es ihren Nachkommen einmal besser geht, und jetzt denke ich mal über die Ausdrücke von heute Nachmittag nach, ich glaubte ‚Du schwarzes Schwein' gehört zu haben, oder so ähnlich, übri-gens steht auf deiner Jeans ‚Levis', das war übrigens ein Jude. Kannst du mir folgen? Denk mal drüber nach, du braunes Ferkel. Herr Ober, bitte zahlen!"

„Aber der Hauptgang?"

„Haben sie ausländisches Personal!"

„Aber selbstverständlich!"

„Ich werde den Hauptgang ihren Leuten spendieren, meiner Tischgenossin wird wahrscheinlich sowieso jeder Bissen im Hals stecken bleiben, was mich betrifft, ich habe Magenkrämpfe, na dann guten Appetit und eine traumreiche Nacht!"

Ich ließ die Rechnung von meiner Mastercard abbuchen, warf etwas Trinkgeld auf den Tisch, nicht zuviel, könnte ja sein, daß der Kellner zu dem braunen Sumpf gehörte, legte zwei Finger an die Stirn, zum Abschied, wie früher, und verließ den Speisesaal ohne Sylvias Reaktion zu erkennen. Die war mir an und für sich auch ganz egal.

Ich glaube nicht, mich in einem Hotel jemals beobachtet gefühlt zu haben, doch diese Rede, besser gesagt diese Moralpredigt tat mir nach diesem Abend sehr, sehr gut. Und jetzt wollte ich nur noch auf die Toilette und dann hoch in mein Zimmer. Vielleicht gab es noch eine schöne Doku auf Arte.

„Funktioniert der Fernseher?"

Die Rezeptzionistin, die übrigens asiatischen Einschlag hatte, lächelte mir zu, faltete die Hände vor ihrem Kinn und verbeugte sich dreimal. Kein Wunder, ich hatte am Spätnachmittag ihre Vorgesetzte kennen gelernt.

„Scheiße!"

Als ich oben am Zimmer angekommen war, bemerkte ich, daß ich meinen Schlüssel vergessen hatte. Wahrscheinlich war ich mal wieder so außer mir, daß meine Scheuklappen automatisch aktiviert wurden. Immer wenn ich so außer mir war, so stinke sauer über die Ungerechtigkeiten dieser Welt, vergaß ich irgendetwas. Manchmal zu bezahlen, wie jetzt meinen Schlüssel, oder auch mich selbst.

„Verzeihung, habe ich...?"

„Sie haben!" Der Kellner kam mir schon mit dem Schlüssel winkend entgegen. „Starker Auftritt heute. Übrigens, ich komme aus Haifa, sie haben etwas gut bei mir und meinen Kollegen!"

Er grinste mich an, zwinkerte und setzte dann seine Arbeit fort. Aus der Küche hörte ich verhaltenen Applaus, der aber jäh unterbrechen wurde.

„Wollt ihr wohl wieder an eure Arbeit gehen!"

Meine Rede wurde wohl überall zur Kenntnis genommen. Mal sehen, wie an meiner Abreise in vier Tagen meine ‚Freundin‘, die Rezeptzionistin reagieren würde. Naja, egal. Das war heute ein schwerer Tag. Ich hatte mir nicht nur im Zug neue Feinde geschaffen, obwohl ich die wohl nie wiedersehen würde. Den Leutnant und vor allem die rausgeschmissenen Handy- und Laptop Yuppies. Insgeheim hoffte ich, während ich mit meinem wieder gefundenen Schlüssel nach oben schlich, daß wenigstens der Zugwirt meinen Rat befolgt hatte.

Elf, zehn, neun, dreizehn war um die Ecke. Wo war zwölf? So besoffen, nach zehn Bier, konnte ich doch nicht gewesen sein. Ah, an der Wand befand sich ein Pfeil, auf dem stand zwölf. Zwölf, endlich ins Bett, davor noch eine warme Dusche. Vielleicht noch ein Pils aus der Hausbar?

Als ich mein Zimmer aufschloß, dachte ich, mich trifft Schlag! Das gesamte braune Pack machte es sich in meinem Zimmer gemütlich. Zuerst dachte ich, ich sehe weiße Mäuse, aber es war real. Schlagartig war ich wieder nüchtern. Man kann sich nicht vorstellen, wie viele Leute auf einem Sofa, einem Bett und zwei Sesseln Platz finden können.

„So, runter da!" Ich versuchte alles, als ob diese Besucher eine Taubenschar wären, sie zu verscheuchen. „Weg, raus, mit euresgleichen möchte ich nichts zu tun haben. Ich habe vier Tage Urlaub und wenn ihr mir den versauen wollt dann, dann, dann ist es euch absolut gelungen." Ich war den Tränen nicht weit entfernt. „Was habe ich euch getan, laßt mich doch in Ruhe. Und den Schwarzen genauso!"

Aha, Sylvia. Ich entdeckte sie hinter dem Anführer vom Nachmittag, neben einem anderen, der keine Schneidezähne mehr besaß.

„Du hast mir schon so oft ..."

Ich wollte gerade mit dem Finger drohen, was normal nicht meine Art war, doch dann wurde alles durch einen schrillen, aber nicht unangenehmen Ton unterbrochen.

„Ruhe jetzt, bitte!"

Die Zimmertür öffnete sich, und wie besessen schauten alle dem Neuankömmling entgegen, als ob er etwas Besonderes wäre. Ich zerrte Sylvia noch am Arm, als ob wir in der Schule wären, doch als ich den vermeintlichen Störer von Angesicht zu Angesicht sah, fiel mir fast die Kinnlade runter

„Guten Abend, sind wir alle vollzählig?"

„Selim fehlt noch", meinte der Anführerskin vom Nachmittag.

In diesem Augenblick betrat Selim mein Zimmer, ganz außer Atem, so hatte ich ihn kennengelernt. Doch jetzt war er ungehetzt, ohne Verfolger. Dieser Typ mit der schwarzen Hautfarbe drang in mein angemietetes Zimmer, in dem lauter Rechtsradikale saßen ein und führte sich auf wie der große Zampano. Dann war noch ein seltsames ‚Guten Abend‘, gleich hinterher. Und ich schaute nur verdutzt

„Wir kennen uns, wie du siehst!"

„Wir kennen uns, allerdings, ich weiß nur nicht woher!"

„Kleines Kuhkaff, nachts. BND, sagt dir das etwas?"

„Das kannst du unmöglich wissen, wie solltest du...!"

„Ich habe meine Form gewechselt!"

„Du hast deine Form gewechselt?"

„Ich war der, den du mit den ovalen Augen gesehen hast, wie einen aus der Zeitschrift, was weiß ich, Frau im Spiegel oder Die Bunte. Ich bin echt! Du kennst mich, denke zurück, so ungefähr..., na sagen wir etwa, in deiner Zeitrechnung, drei bis vier Jahre!"

„Ganz unmöglich, ich bin drei Tage, wenn überhaupt, von zuhause weg."

Dieses Gespräch fand, wundersam, telepatisch statt.

„Bitte nach ihnen!"

„Soweit ich mich erinnern kann, waren wir ‚Per Du‘."

„Ach ja, stimmt ja!"

„Und mach deine Kieferklappe wieder zu!"

„Hast du deine Stimmbänder operieren lassen? Kompliment, klingt gut fast wie ‚Darth Vader‘!

Der Ufonaut wies Selim einen leeren Stuhl zu. Nachdem der dunkle Junge alle Anwesenden lächelnd mit der Hand abgeklatscht und sie ihn genauso freundlich begrüßt hatten, nahm Selim endlich Platz. Spätestens jetzt mußte ich mich doch schwer wundern.

„Ich weiß, daß du im Augenblick nicht alles verstehen kannst. Doch ich versuche dir später alles zu erklären!"

„Jonas!"

„Wie bitte?"

Allgemeines Raunen ging durch die etwa, ich war noch gar nicht zum Zählen gekommen, dreizehn, laß es vierzehn sein, sagen wir einmal ‚Veranstaltungsteilnehmer' zu dem zusammengewürfelten Haufen, von denen ich nur wußte, das sie wahrscheinlich eine rechtsradikale, aggressive Truppe waren.

„Jonas, das ist mein Name. Nennt mich Jonas!"

Der seltsame Typ, ich wollte ihn nicht als Mensch bezeichnen, streckte mir seine Hand entgegen.

„Hacker, oder Hacki", erwiderte ich verblüfft seinen Gruß

„Ich weiß, setze dich bitte wieder hin, darum bitte ich auch die anderen. Ich muß Euch, die ihr als eine Art Elitetruppe ausgesucht wurdet, einige Erklärungen geben. Die meisten von Euch wissen schon Bescheid, doch den Restlichen sollte ich noch einiges erklären, also setzt euch bitte und hört mir zu."

Ein wenig Rumoren, manch fragende Gesichter, von den nicht Eingeweihten, doch alle setzten sich und warteten gespannt, was Jonas zu erzählen hatte.

„Seit Jahrzehnten, oder seit Jahrtausenden, beobachten wir euch Menschen, Generation zu Generation. Bis jetzt lebten wir friedlich nebeneinander, weil die Menschen uns nicht entdeckten, sie waren allerdings nie in der Lage dazu. Ausnahmen bestätigen die Regel, siehe Area 51, kleinere Probleme gab es eigentlich immer. Aber jetzt ist der Zeitpunkt gekommen, an dem wir in eure Existenz eingreifen müssen, und ihr müßt uns dabei helfen!"

Jonas, wie er sich nannte, zog ein kleines Kästchen aus seiner Tasche, drückte mit einem seiner überlangen Finger auf einen der vielen bunten Knöpfchen und projizierte, wie von Zauberhand, eine riesige Erdkarte an die Wand.

„Das ist eure Heimat, wie sie im Augenblick aussieht, noch!"

Er betonte das ‚noch', und erhob mahnend seinen Finger (der übrigens überdimensional war).

„Unsere, beziehungsweise eure Aufgabe wird es sein, diesen Zustand beizubehalten. Wichtig dabei wird sein, daß wir versuchen zusammen zu arbeiten, denn euer Planet muß gerettet werden, koste es was es wolle!"

Jetzt wurde es mir langsam zu bunt.

„Da sollten wir uns aber beeilen, ich habe nur zwei Tage Urlaub!" Ich stand auf und wollte gehen,

„Du setzt dich wieder auf deinen Arsch und bleibst hier!"

So laut und energisch hätte ich Jonas nicht erwartet, richtig bedrohlich.

„Mir könnte es ja egal sein wie es einmal in eurer Heimat in 2 bis 3 Jahren aussehen wird. Ich setze mich mit meinen Leuten in ein Schiff und fliege in ein anderes System, in eine andere Galaxie!"

Keiner zuckte auch nur mit der Wimper, als Jonas dies sagte, oder androhte. Für sie schien dies alles vertraut zu sein. Ein oder mehrere Außerirdische hatten anscheinend schon vorher mit ihnen Kontakt gehabt und sprachen zu ihnen, als ob es nichts Selbstverständlicheres gab. Ich glotzte nur noch vor Erstaunen, was passiert hier?

Jonas drückte auf einen anderen Knopf seines Kästchens und projizierte so eine Art Diagramm.

„So wird laut unseren Berechnungen eure Welt in circa 5 Jahren, so in zehn aussehen!"

Er wechselte laufend die Einstellungen des Diagramms.

„Und zum Schluß", er brannte sein letztes Bild auf die Wand, „ist nichts mehr, nothing, Ende, aus."

Jonas nahm einen Zeigestab in die viel zu langen Finger und verdeutlichte uns, wie es später einmal auf dem Globus aussehen könnte.

„Das ist Hamburg, das sind die Seychellen, hier seht ihr Japan, da oben die Arktis dort unten die Antarktis!"

„Ich sehe nur Wasser!", rief einer, der sich noch nicht bei mir vorgestellt hatte.

„Ach, ja? Ich zeige euch noch ein paar andere Dinge."

Jonas drückte auf einen anderen seiner Knöpfchen.

„Das ist die Neigung der Erdachse, heute." Nächster Knopf. „Der in acht Jahren!"

Allgemeine Aufregung war zu meiner Überraschung nicht zu erkennen, doch ich flippte fast aus.

„Das sind fast 15°, vielleicht mehr!"

„Richtig! Und noch etwas. Das ist momentan die Mondentfernung von 384000 Kilometer, und das ..." Er drückte wiederum auf sein Kästchen, „So wird es in ungefähr ..." Das Bild war erschreckend! „... so sieht es in 8 Jahren aus, und nun in einigen Jahren!"

Das Bild war schockierend für alle, fast nichts mehr von der Landmasse war zu sehen.

„Die Entfernung Erde – Mond wird sich um etwa 80000 Kilometer verringern, Tendenz sinkend!"

Die anderen schien das wenig zu interessieren, anscheinend hatten sie schon öfter Kontakt mit Jonas gehabt und waren in einige Dinge eingeweiht.

„Und was hat das alles mit mir zu tun?"

„Du und diese Damen und Herren sollen uns helfen eine große Katastrophe zu verhindern!"

Ich stand auf und deutete auf meine eventuellen Mitstreiter.

„Du glaubst doch nicht im Ernst, daß ich mit diesem braunen Sumpf zusammen arbeiten werde!" Ich war empört. „Nazis sollen die Erde retten! Etwa so wie mit diesem Österreicher in den Vierzigern? Ich lache mich schlapp! Eher lasse ich alles draufgehen, bevor ich mich mit so Leuten zusammenschließe!"

„Sachte, sachte, immer mit der Ruhe!" Jonas nahm mich bei der Schulter und drückte mich behutsam auf meinen Stuhl zurück. „Ich vergaß dir noch eine Kleinigkeit zu erklären. Dies hier ist kein brauner Sumpf, keine Rechtsradikale, das war alles nur Schauspielerei. Es ist so, daß jeder von euch in etwa die gleichen guten Eigenschaften haben sollte. Loyalität, Verschwiegenheit, ihr solltet eine gute rhetorische Überzeugungskraft besitzen. Euch ist egal, aus welchem Land die Menschen stammen, ob sie schwarz, weiß oder kariert sind. Und ihr akzeptiert, euch ist bewußt..." Jonas erhob seine Stimme. „...daß es intelligentes Leben auf anderen Planeten gibt!"

„Und was sollte dann diese Jagdszene heute Nachmittag auf Selim?"

„Wir wollten sehen, wie du auf Ausländerhaß reagierst!"

„Wenn du mich zuhause genauer untersucht hättest, wüßtest du, daß ich schon mit Afrikanern, Asiaten, Hindus, Moslems und Christen zusammengearbeitet habe. Und das immer ohne Probleme. Deine Beobachtungen waren anscheinend nicht sehr intensiv!"

„Das mag ja alles korrekt sein. Doch in eine solche Situation bist du vermutlich noch nie gekommen. Einem einzelnen Schwarzafrikaner gegen einen Haufen bewaffneter beizustehen. Das erfordert Mut, den du bewiesen hast und für unser Vorhaben benötigt man diesen. Respekt, Respekt!"

„Und die nassen Hosen?" fragte ich Selim und verrenkte mir beinahe den Hals, als ich mich nach ihm umdrehte.

„Schnee!", grinste der mich an. „Alles nur Schnee!"

„Aber das wirkte so echt, wie du da zitternd in der Bushaltestelle lagst!"

„Alles Training!", sagte Selim schulterzuckend.

„Noch was anderes, Jonas!" Mein Finger zeigte auf Silvia. „Was ist mit ihr? Ich war vor 20 Jahren mit Silvia zusammen, wir waren ein Paar, du verstehst was ich meine, von Loyalität und den anderen Eigenschaften, die du so an uns schätzt, kann bei ihr nicht die Rede sein, ich könnte dir da einige Stories erzählen!"

„Mag ja sein, daß sie früher einmal ein durchtriebenes Mädchen war. Doch die Zeit ändert die Leute, denke doch einmal an deine Vergangenheit!"

„Okay, okay du hast ja Recht!" wehrte ich ab.

Dieses Thema paßte mir nicht so richtig in den Kram. Jonas grinste mich augenzwinkernd an.

„Merkst du was?"

Silvia konnte sich ein leises Lachen nicht verkneifen und die anderen sahen mich an, als ob ich ihnen gleich eine Story vom Pferd erzählen würde. Nein, nein, ich konnte mich beherrschen.

„So, jetzt erkläre ich euch unser Vorgehen, wenn ihr soweit seit!" sagte Jonas lehrerhaft und drückte auf einen Knopf seines Zauberkästchens. Aus dem Nichts materialisierte sich ein Sessel in dem er es sich bequem machte.

„Nur noch zwei Fragen!"

Langsam entwickelte ich mich zum Sprecher der Gruppe.

„Nur zu, stelle deine Fragen!"

Jonas runzelte seine Stirn wie ein echter Mensch.

„Nun ja, wie sollen wir uns das Ganze vorstellen. Die Existenz deiner Spezies ist schon Hammer genug, und nun sollen wir als unscheinbare Lichtlein fähig sein, obwohl ihr uns schon seit ewig und acht Tagen beobachtet, die Erde retten? Ein bißchen weit her geholt, oder nicht? Die Trottel, die hier rumrennen, sei's Politiker oder weiß der Geier wer, haben doch Probleme genug. Und sie haben keine Ahnung wie man ihnen Herr werden soll. Ihr schaut doch unserer Arbeit auf die Finger, wieso wir? Wissenschaftler, Gelehrte, Professoren. Da macht unser zusammengewürfelter Haufen sehr viel Sinn. Schau uns doch mal an. Und überhaupt die Idee, deine Leute als Beamte vom BND auszugeben, damals vor ein paar Wochen, völliger Blödsinn. Letzte Frage: woher wußtest du, daß ich hier bin?"

„Viele Fragen!" Jonas kratzte sich an der Stirn, vermutlich um Antworten zu suchen. „Aber ihr alle habt ein Recht, wenn wir schon einmal hier sind, eine Antwort zu bekommen. Zwei Fragen kann ich sofort beantworten. Erstens." Jonas wandte sich an mich. „Erstens, die beiden BND Agenten haben sich einfach nur saublöd, um das in eurer Sprache zu interpretieren, angestellt. Die haben einfach ihr Lehrmaterial nicht richtig studiert und während der Kennenlernphase..."

„Entführung!", unterbrach ich ihn. Jonas räusperte sich fast entschuldigend.

„Okay, ich sag's euch. Während der Kennenlernphase..."

„Entführung!"

„Von mir aus, während der Entführung!" Jonas winkte ab. „Wir haben euch einen speziellen Chip implantiert, damit ihr überall, egal wo, erreichbar seit. Solltet ihr woanders hin verfrachtet werden, wir merken es!"

„Soweit das Thema Freiheit durch Außerirdische, die nur unser Bestes wollen!" fügte ich zynisch hinzu.

Von den anderen war nur ein Gemurmel zu vernehmen.

„Zufrieden?"

„Den Umständen entsprechend, von mir aus!"

„Wenn ich nun fortfahren darf!"

Langsam beruhigte sich die Lage.

„Also, ich weiß gar nicht wie ich anfangen soll!"

„Wie wäre es mit dem Anfang!" schlug der vermeintliche Skinheadführer, der sich vor kurzem als Maggie vorgestellt hatte und mit Sylvia seit 16 Jahren verheiratet war.

Endlich mußte ich nicht mehr allein die Kommunikation mit Jonas führen.

„Also gut."

Der Außerirdische, der sich als Kratarianer bezeichnete, korrigierte mehrmals seine Sitzposition und begann.

„Wie ihr wißt, existiert euer Eierplanet seit ungefähr Viereinhalbmilliarden eurer Jahre. Ich sage extra eurer Jahre, da bei uns und auf den anderen Planeten die Jahre etwas anders aussehen, das tut jetzt aber nichts zur Sache."

Jonas winkte ab.

„Bis zum Urknall, der übrigens keine Theorie ist...!"

„Woher willst du das wissen?", fragte Achim, der inzwischen das Schwarze auf seinen Schneidezähnen entfernt hatte, das mich am Nachmittag erschrecken sollte. Als Assi einen gefährlichen Gegner zu mimen ist meistens perfekt.

„War täuschend echt!", flüsterte ich.

„Na, das ist leicht zu erklären. Das Universum pulsiert, es dehnt sich aus, fällt wieder in sich zusammen, dehnt sich wieder aus und so weiter!"

„Entschuldige mal bitte." unterbrach Maggi. „Wenn es dir nichts ausmacht, ich denke wir haben alle Durst. Darf ich was zum Trinken holen?"

„Wir haben fast alle Zeit der Welt, aber nur fast!"

„Bin in einer Minute wieder da!"

Maggi sprang auf und kam mit einer Kiste Bier und zwei Schachteln Zigaretten wieder zurück. Die Pullen wurden mit Feuerzeugen geöffnet. Sylvia suchte nach Aschenbechern und verteilte sie im Raum. Maggi hob eine Flasche in Richtung Jonas und sah ihn fragend an.

„Oh ja, sehr gerne!"

Der Karterianer nahm einen kräftigen Schluck.

„Hast du etwas dagegen wenn ich eine rauche?", fragte ich.

„Nein, nur zu, warum sollte ich etwas auszusetzen haben?"

„Naja, ich dachte ihr Außerirdischen rümpft die Nase, wenn wir unserer Gesundheit Schaden zufügen!"

„Da bildest du dir etwas ein!" Jonas winkte ab.

„Wenn Gott nicht wollte, daß ihr raucht oder Alkohol trinkt, hätte er euch dieses Zeug nicht gegeben!"

„Gott?" Jetzt war ich schon wieder baff.

„Ja Gott, wer denn sonst?"

„Ich wußte nicht, daß Außerirdische an Gott glauben!"

„Oh nein, ich glaube nicht an Gott, ich weiß das er existiert!"

„Woher willst du das wissen, hast du ihn schon gesehen?"

„Na sieh dich doch einmal um!" Jonas hob den Arm und beschrieb einen Halbkreis.

„Du mußt doch nicht irgendjemanden persönlich kennen um von seiner Existenz überzeugt zu sein. Schau dir einen Planeten an, eure Sonne, einen Baum oder einen Grashalm, die Tiere, das Gravitationsgesetz. Riskiere einmal einen Blick durch ein Mikroskop, beobachte die Bakterien, sämtliche Atome und Moleküle. Schau dir deine Freunde an, deine Mitmenschen, glaubst du etwa an Zufälle?"

„Hab' ich noch nie!"

„Na also, ich habe schon Dinge gesehen von denen du und deine Freunde nicht einmal zu träumen wagen, da muß ich einen Gott nicht kennen. Ihr hattet einmal einen berühmten Philosophen der sagte: ‚Wenn jemand ein Leben lang in einer dunklen Höhle wohnt und sich eines Tages wagt nach draußen zu gehen, zum ersten mal die Sonne und eine herrliche Landschaft sieht, zurück in seine Höhle kommt und seinen Artgenossen dann erzählt, was er für seltsame und wunderschöne Dinge gesehen hat, was denkst du was geschehen würde?'"

„Vermutlich würden sie ihn für verrückt erklären!"

„So ist es, und so geht es den meisten Menschen, deshalb habe ich mir einige etwas aufgeschlossenere eurer Spezies ausgesucht!"

„Du bist also Gott noch nicht begegnet?" fragte Achim

„Du willst es nicht kapieren!" Jonas schüttelte den Kopf. „Gott kann man nicht persönlich treffen, er ist keine Person als solche, wie soll ich dir das begreiflich machen?" Er rieb einen Finger an seiner Nase um besser überlegen zukönnen. „Gott ist alles, alles was du kennst, die Chemie, die Physik, die Philosophie, Materie, nicht nur das was in euren Religionsbücher steht. Ich will nichts gegen eure Religionen sagen, egal ob Selim im Koran schmökert oder ihr in eurer Bibel!" Jonas nahm einen Schluck Bier. „Nur gegen die Heiserkeit!" lächelte er verschmitzt und suchte nach einer bequemen Sitzposition. „Ich werde euch etwas erzählen. Wir, also nicht nur wir Karterianer, sondern auch andere Spezies, die Namen spielen jetzt keine Rolle, bekamen den Auftrag die Erde, also euren blauen Planeten, zu besiedeln um eine Art Außenposten in dieser Galaxie zu bilden. Wir kamen vor etwa drei Milliarden Jahren als chemische Zusammensetzung, in Form eines gigantischen Kometen. Doch für die Größenverhältnisse dieses Systems in anderen Sternbildungen eher ein kleiner Krümel, und waren nur mit Wissen und Gedanken ausgestattete Aminosäuren. Eigentlich sollten wir nur beobachten, das taten wir. Wir sahen wie Gondwana oder Pangäa, wie ihr den Urkontinenten nennen wollt, auseinander driftete. Die Tiere und Pflanzen hatten sich im Laufe der Zeit so dramatisch vergrößert daß, wenn alles so weitergegangen wäre, die Evolution keine Fortsetzung genommen hätte. Das Leben war kurz davor sich selbst zu erdrücken. Durch die Ausscheidungen der gigantischen Dinosaurier wären so viele schädliche Gase in die Luft entwichen, in etwa so wie heute in der modernen Viehzucht, daß die Photosynthese der Pflanzen keine Chance zum Ausgleich gegeben war. Das hätte sich auf die Atmosphäre, Troposphäre, Mesossphäre und die Stratosphäre ausgewirkt!"

„Du hast die Thermosphare vergessen!" unterbrach ihn Selim, Zeigefinger wedelnd, mit einem triumphalen Grinsen im Gesicht.

„Nett von dir das du aufgepaßt hast, und falls mein Vortrag die anderen langweilen sollte, bitte ich darum mich zu unterbrechen!"

„Nein, nein!" Maggie stand auf, fuchtelte mit seinen Armen in der Luft und schüttelte den Kopf.

„Ich fahre also fort?" Jonas war sich seiner Rede nicht ganz sicher. „Ich möchte hier nur keine schlafenden Pseudozuhörer haben!"

„Nein, nein. So war es nicht gemeint. Um Gottes Willen, nicht aufhören!" Die Gruppe um Jonas war sich einig, murmelte mit zusammengesteckten Köpfen alles mögliche zu, um ihn zu ermuntern weiter fort zu fahren. Die eine oder andere Diskussion schien sich zu bilden.

„Schnauze, jetzt mal alle!" schrie ich in das langsam lauter werdende Getümmel. „Wir sind hier mit Sicherheit nicht zu unserem Vergnügen entführt worden!"

„Na na, entführt ist bestimmt nicht das richtige Wort!"

Jonas hatte eine tolle Taktik. Je leiser er sprach, desto leiser wurde sein Publikum, und er hatte die ganze Aufmerksamkeit auf seiner Seite.

„Darf ich weitermachen?"

Der eine oder andere zündete sich noch eine Zigarette an. Fast jeder öffnete mit seinem Feuerzeug eine frische Flasche Bier, was den Raum mit lautem Zisch und Plopp wieder eine kleine Geräuschkulisse gab. Nach und nach setzten wir uns wieder auf unsere Plätze und waren gespannt auf Jonas Fortführungen.

„Alles wieder palletti?"

Jonas schien stolz zu sein auf sein neu gewonnenes Wort, das er anscheinend irgendwann aus unseren Gesprächen entnommen hatte.

„Dann kann ich ja weitermachen. Also!" Jonas atmete tief durch. „Als ich zu Welt kam war ich noch sehr jung!"

Der Karterjaner schaute uns an, als ob er irgendwelche Lacher erwartete. „Na? War der nicht gut?"

„Vor drei Milliarden Jahren mit Sicherheit!" maulte Biggi.

„Vergiß das Witze erzählen, das gibt's auf Kartania bestimmt nicht!"

„Nun denn, es geht hier in unserem Fall um ein riesengroßes Dilemma. So eines hatten wir schon einmal auf einem ähnlichem Planeten wie die Erde. Dieser war vor Ewigkeiten der Zehnte in diesem Sonnensystem. Er war bewohnt, bevor hier überhaupt einige Moleküle beschlossen, sich zu einer niederen Lebensform zu verbinden. Wenn sich schon einmal einer von euch die Entfernung zwischen Erde und Mars angesehen hat, merkt er..."

„Oder sie!"

„Halt die Klappe Biggi, es geht hier nicht um Frauenfeindlichkeit!", rief irgendjemand dazwischen.

„Würde ich auch sagen!", meinte Jonas.

„Merken er oder sie, falls dich das beruhigen sollte, daß in diesem Abstand genau ein Planet seinen Platz finden würde. Und dieser Planet war ein Planet Namens ‚Tintra'."

„Tintra, so hieß er!"

Jonas bekam feuchte Augen, so als ob er sich das weinen verkneifen müßte.

„Entschuldigt bitte, aber wenn ich an Tintra denken muß, wird's mir immer ganz komisch um mein Herz. Ihr müßt wissen, ich lebte auf Tintra jahrzehntelang in einem Wal, der sich, wie er mir erzählte, als mein Großvater, der vor Generationen lebte, entpuppte. Tintra hieß in der Sprache der Einwohner einfach nur Wasser!"

„In einem Wal!"

Achim drückte seine Zigarette aus und schrie kurz auf, weil er sie fast vor Spannung vergessen hatte und sich die Finger verbrannte.

„In der Sprache der Einwohner bedeutet Tintra Wasser." wiederholte sich Jonas. „Wasser, weil er zu 98 % aus Wasser, Süß- und Salzwasser, und etwas Land bestand. Aber das Land war nicht der Rede wert. Trotzdem, weiß der Geier warum."

„Er versucht schon wieder einen Witz zu reißen!" unterbrach Selim.

„Wieso? Wo ist jetzt ein Witz?"

„Weiß der Geier! Eine Redewendung, glaube ich. Als Witz war das mit Sicherheit nicht gedacht!"

„Da hast du vollkommen Recht, Selim, aber irgendwann werde sogar ich begreifen, was es bedeutet witzig zu sein!"

„Du hast deine Ohren wohl überall, ein normaler Mensch hätte mich nicht gehört!"

„Allerdings, und jetzt seid bitte so freundlich mich fortfahren zu lassen. Also, Tintra mußte evakuiert werden, das ging nur mit der Hilfe der Karterianer, also uns. Wir waren das Volk, daß der Erde am nächsten war und gleichzeitig die Raumfahrt beherrschte. So brachten wir die Tintrianer auf die Erde. Die meisten hatten in den Meeren ideale Lebensbedingungen. Sie waren zum Beispiel Haie, Kalmare, Delphine oder Wale, Doktorfische und so weiter und so fort, die halbe Intelligenz, bloß unter Wasser!"

Biggi winkte ab.

„Du willst uns doch nicht weis machen, Fische seien intelligent!"

„Erstens habe ich das nie behauptet, zweitens kann keiner das Gegenteil beweisen und drittens habe ich mich vermutlich falsch ausgedrückt. Die Fische dienen normalerweise den Meeressäugern, also euren näheren Verwandten, meist nur als Nahrungsmittel. Doch nicht mehr lange, denn die Menschen strengen sich zu sehr an alles auszurotten. Bald haben diese Säuger nichts mehr zu beißen, und die ganze Nahrungsmittelkette kollabiert. Ihr seid bestimmt alle klug genug um zu wissen, was das bedeutet!"

Jetzt meldete sich Maggi zu Wort.

„Und wenn man alles Leben wieder auf einen anderen Planeten brächte?"

„So einfach ist das nun auch wieder nicht!"

„Wieso nicht? Ihr beherrscht doch die Raumfahrt, fliegt sie raus!"

Er fuchtelte mit den Atmen in der Luft, so als ob ein Flugzeug starten würde.

„Da sind unsere Möglichkeiten erschöpft", erwiderte Jonas. „Seit wir den Menschen die Flugzeuge und die Raumfahrt geschenkt haben..."

„Moment mal!", unterbrach ihn Silvia. „Ihr habt den Menschen das Fliegen beigebracht? Da lache ich doch ein- bis dreimal. Schon mal was von Wernher von Braun oder den Gebrüder Wright gehört? Ganz zu schweigen von ...!"

Silvia echauffierte sich beinahe.

„Mach mal langsam, und bevor du dich weiter hineinsteigerst muß ich dich enttäuschen!" sagte Jonas. „Du mußt dich damit abfinden, daß diese Personen und viele andere Erfinder, ja alle großen Köpfe und Denker nicht von der Erde kamen!"

„Was?"

Wir schauten uns ungläubig an und murmelten wild durcheinander. Sollte Jonas damit Recht haben wäre alles was wir je gelernt hatten, die gesamte Geschichte auf den Kopf gestellt, und wir müßten uns ein völlig neues Bild über unser Leben, unserer Religionen und unserer gesamten Moral und Ethik schaffen. Jonas war das natürlich vollkommen klar und er versuchte uns zu beruhigen.

„So schlimm ist das doch gar nicht. Seht mal, das sind ein paar hundert Leute von, was weiß ich, Milliarden von Menschen, die die Erde je bewohnt haben und werden. Solange eure Art denken kann waren immer einige von uns an eurer Seite. Wir wollten, daß sich die Menschheit zu einer hochintelligenten Lebensform entwickelt um mit uns und anderen Spezies zusammen leben könnten. Beginnen wir in grauer Vorzeit. Als sich aus dem Cro Magnon der Homo sapiens entwickelte, griffen wir immer ein kleines bißchen in die Evolution ein. Wir gaben immer nur einen kleinen Schubser in den Dingen die wichtig waren, um den Fortschritt zu sichern. Nachdem die Kontinente entstanden, brachten wir die Menschen in ihre verschiedenen Heimatorte. Die Weiterentwicklung blieb ihnen selbst überlassen. Wir halfen bei der Erschaffung der ersten Observatorien, wie zum Beispiel Stone Henge oder den Pyramiden in Afrika und Südamerika. Schade nur, daß einige größenwahnsinnig wurden, sich selbst über die anderen stellten, Kriege begannen und ihre Mitmenschen versklavten, nur weil einer meinte das Geld erfinden zu müssen. Das Ergebnis des Dilemmas schoben sie dann meistens auf irgendwelche imaginäre Götter. Sie nutzten die Gutgläubigkeit und die Naivität der anderen aus um sich zu profilieren. Wir versuchten ihnen das Universum zu erklären, und sie drehten uns das Wort im Mund um und nutzten das erlangte Wissen nur für sich selbst, ohne ihre Völker daran teilhaben zu lassen. So entstanden die verschiedenen Religionen. In früherer Zeit bekriegten sich die Menschen nur um ein paar Quadratkilometer Lebensraum, wie die Tiere, die ihr Jagdterritorium verteidigten, dann kamen die Welt anschauungen dazu. Was daraus geworden ist seht ihr täglich im Fernsehen. Alle bekriegen sich wegen etwas, das heute wichtig erscheint und schon morgen nicht mehr der Rede sein wird. Nichts desto trotz hat mein Volk die Menschheit bei fast allen Dingen unterstützt, egal ob es die Entdeckung des elektrischen Stroms, die Geniestreiche des Zauberers vom Menlopark, das Auto, die Schiffahrt, die Uhr, die Atomenergie oder nur eine popelige Luftpumpe war. Das alles haben wir Karterianer beziehungsweise die Tintras euch in die Köpfe gesetzt!"

Ich sah mich in der Runde um. Einige schüttelte mit offenem Mund ungläubig den Kopf. Andere schienen traurig und niedergeschlagen zu sein.

„Aber wie habt ihr das zustande gebracht, ohne jemals entdeckt zu werden?"

„Du weist es doch, streng dein Hirn an!" sagte Jonas und tippte mit seinem langen Finger an die Stirn.

„Telepathie?"

„So ist es. Ich möchte euch jetzt kein Biologieunterricht erteilen, doch Fakt ist, daß das Gehirn des Menschen 1400 Kubikzentimeter Größe besitzt. Das Gehirn eines Tintras ist etwas kleiner, dafür hat es neun davon!"

„Was, neun??? Neun Gehirne?"

Maggi war nicht der einzige der völlig von den Socken war.

„Toll was? Neun Gehirne und drei Herzen. Ihr könnt die Tintras aber auch Krake, Kalmar oder Sepien nennen. Bei neun Gehirnen ist es sicherlich nicht sehr überraschend, daß man damit etwas mehr anstellen kann als nur mit einem. Sämtliche Erfindungen entstanden auf der Basis derer Ideen. Die Kraken sind sozusagen die Software, und wir Karterianer die Hardware!"

„Du hast die Wale und die Delphine vergessen!" warf Silvia dazwischen.

„Stimmt, die sind für alles Feine wie Kunst, Verständigung, Musik und Harmonie zuständig. Wir konnten nicht alles alleine machen. Die Wale und Delphine sorgen mit ihren Gesängen dafür, daß musikalische Genies und Künstler ihre Inspirationen erhalten. Die Kunst, auch wenn viele sie für unwichtig halten, ist das Gleichgewicht zwischen Streß und Hektik, baut Aggressionen ab und bringt Ruhe und Gelassenheit ins Leben und beruhigt euch. Sie läßt euch eure Umwelt und die Natur wahrnehmen, sonst hättet ihr jeden Tag Streß pur. In der Schule, am Arbeitsplatz. Immer muß man der Beste, der Schnellste und der Erste sein!"

„Du hast uns immer noch nicht erklärt, warum man das Leben nicht mehr auf andere Planeten bringen kann", sagte Maggi.

„Stimmt, das bin ich euch noch schuldig. Aber das ist eigentlich ganz leicht zu erklären. Im Orbit um die Erde befindet sich so viel Weltraumschrott, wie kaputte Satelliten und ähnliches, daß es für unsere empfindlichen Fluggeräte ein zu hohes Risiko wäre die Erde zu verlassen. Da haben wir uns anscheinend selbst ein Bein gestellt!"

Wir sahen uns gegenseitig an, murmelten und nickten zustimmend.

„Apropos Streß. Ich geh mal was zu trinken holen!" sagte Maggi und unterbrach unser kollektives Nachdenken. „Gebt mir mal das Leergut!"

Wir sammelten die leeren Flaschen ein und stellten sie in die leere Bierkiste, die Maggi bereit hielt.

„Bring noch Zigaretten mit!"

Ich warf ihm die Münzen zu, er fing sie sicher mit einer Hand auf und verließ den Raum

„Eine Pause tut uns sicher allen gut!" meinte Jonas.

„Denke an den Streß!"

„Eben!" lächelte ich zurück.

„Wie sieht's aus?" meldete sich Silvia zu Wort. „Hat jemand Hunger?"

Ich, ich, ich, aus allen Richtungen.

„Mir bitte einen Wurstsalat!"

„Mir auch, aber bitte mit Käse!"

„Für mich bitte einen ..."

„Ruhe, ich besorg uns ein paar Sandwichs, und fertig! Jonas, ein paar tote Fische oder lieber rostige Schrauben?"

Silvia drehte ihren Kopf über die Schulter und grinste den Karterianer von unten ins Gesicht.

„Sandwichs sind okay, die Schrauben ißt du selbst, du Schreckschraube!" Jonas drückte auf einen Knopf seiner Zauberschachtel und hielt plötzlich ein altes Blech mit rostigen Schrauben in seiner Hand und schob sie unter Silvias Nase.

„Okay, Sandwichs, ich gehe schon!"

Einige Flaschen Bier wurden geöffnet und das Essen durchgereicht. Jeder nahm sich etwas und man merkte, wie hungrig dieser Abend machte. Vielleicht war es auch dieses ungewöhnliche Thema, der aufregende Gast oder die fortgeschrittene Zeit.

„Paß auf!" warnte ich Selim. „Das ist Schweinefleisch!"

„Habe ich schon bemerkt!", dankte mir mein dunkler Freund kauend. „Aber es ist gut, daß Bier in Bayern kein Alkohol sondern Grundnahrungsmittel ist, zum Wohl!"

Wir prosteten uns zu.

„So, meine Damen und Herren, wenn noch Interesse besteht, würde ich mit meinem Vortrag gerne fortfahren, oder wird's euch zu langweilig?"

Wir aßen die restlichen Brote, nahmen noch jeder einen kräftigen Schluck und widmeten unsere Aufmerksamkeit wieder unserem Außerirdischen Besucher. Mancher, wie ich, steckte sich noch eine Zigarette an. Durch unsere allgemeine Zustimmung und manchem verhaltenen Applaus wurde Jonas in seinen

Ausführungen immer sicherer. Ihm war vorher schon klar gewesen, daß man ihn entweder keinen Glauben schenkte, als Scharlatan geteert und gefedert aus dem Dorf schmeißen konnte oder ihn nur als kompletten Idioten verhöhnte.

Vermutlich wären wir Menschen, trotzdem seine Rasse uns Jahrtausende lang beobachtet hatte, immer noch unberechenbar. Doch Jonas fand jetzt immer mehr Spaß daran uns seine Geheimnisse preiszugeben. Es freute ihn sichtlich, unsere erstaunten und überraschten Gesichter mit neuen Erkenntnissen zu befriedigen. Er erklärte, zeigte Gebiete auf Landkarten, die einmal im Ganzen, ein anderes Mal in Teilabschnitten zu sehen waren. Jonas hatte viel erklärt, erwähnt und uns beigebracht. Doch ich hatte das Gefühl der Sache noch nicht richtig auf den Grund gekommen zu sein.

„Jonas?", unterbrach ich ihn.

Er legte seinen Zeigestab mitten in einer Erklärung auf den vor sich stehenden Tisch und sah mich mit runzliger Miene an.

„Was?"

„Das ist ja alles schön und gut was du hier erläuterst. Aber hast nicht etwas vergessen zu erwähnen? Auf deiner Karte sind jede Menge Punkte aufgezeichnet, und ich denke, daß keiner von uns einen blassen Schimmer hat, was diese zu bedeuten haben!"

„War ich nicht ausführlich genug oder zu langweilig?" Jonas schien enttäuscht.

„Zu ausführlich? Neee!" meinte Maggi.

„Langweilig? Bestimmt nicht." fügte Achim, von dem ich dachte, daß er vom Schlaf übermannt wurde, hinzu.

Ich erhob mich von meinem Stuhl, nahm Jonas' Zeigestab in die Hand und tastete damit auf die von mir angesprochenen Punkte auf seiner Karte.

„Hier befindet sich New Orleans, dort, das kleine Nest ist China, fast nicht zu verfehlen, hier ist Hawaii, Malaysia, Nigeria und Kamerun, dort Madagaskar und all die anderen Punkte. Was ist dort, befinden sich hier eure Stützpunkte?" Ich fragte sehr energisch.

„Oh ich denke, ich habe mich da etwas verplappert. Wenn man so lange auf der Erde ist gewöhnt man sich das wahrscheinlich an!"

„Kein Problem!" stimmten wir uns gegenseitig zu.

„Also, an den bestimmten Punkten..." Jonas nahm seinen Stab auf und deutete weiter. „Hier ist es zur Zeit am kritischsten. Hier und hier und... Moment..." – er suchte – „... ah ja, und hier!" Jonas tippte noch auf Neu Guinea, die Salomon Inseln und auf Vanuatu. „Was sagen euch diese Gebiete?"

„Da stoßen doch irgendwelche Erdplatten aufeinander, oder?"

„Gut, Maggi, was noch?"

„Vulkanausbrüche. Erdbebengefährdete Länder."

„Gut Hacker, sehr gut! Ich denke ihr seid alle im Bilde. An vielen dieser Punkte werden massive Eingriffe in die Natur genommen, die den Architekten und Wissenschaftlern noch nicht richtig klar sind was sie bedeuten könnten. Hier werden Flußläufe begradigt, hier umgeleitet, dort werden riesige Gebäude errichtet. Gut, natürlich nicht auf den Salomonen oder anderen Inseln, trotzdem sind alle gezeigten Gebiete und viele, viele andere bedroht. Selbstverständlich wurden schon öfters Flüsse begradigt oder hohe Gebäude erstellt, doch nicht in diesem Ausmaß. Sollte dieses Gebäude errichtet werden ..." Er klickte auf einen Knopf, und ein Computerbild erschien auf der Leinwand. „... geht es mit eurem geliebten Planeten steil bergab. Genauso bei diesem, oder diesem, und diesem ...!"

Vor uns erschienen Bilder mit monströsen Bauten, gegen die das Empire State Building wie eine Einliegerwohnung aussah.

„Und das sind nur einige oder besser gesagt, ein kleiner Teil der Objekte, von denen wir Pläne besitzen. Die Architekten wissen gar nicht was sie anrichten und der Umwelt antun, oder sie wollen es gar nicht wissen. Hauptsache der Geldbeutel stimmt. Daß durch das Umleiten der Flüsse und das Bauen der Kanäle das Umweltklima zerstört wird, ist den meisten schon klar. Doch das Errichten dieser riesigen, bis zu 1500 Meter hohen Wohntürmen oder dieser Staudämme, die 1/3 des gesamten Süßwassers umleiten, hält die Tektonik nicht aus, ihr wißt schon, die Erdplattenverschiebung. Normalerweise driften die Erdplatten 1 bis 4 Zentimeter pro Jahr auseinander. Egal ob es sich um die Eurasische Platte, den Andreasgraben oder die Marianenplatte handelt!"

„Das Teil heißt auch Graben, Marianengraben!", verbesserte Biggi stolz.

„Sehr schön, vielen Dank für deine Aufmerksamkeit! Jetzt weiß ich, daß du auch zuhörst!"

„Wir hören doch alle zu!"

„Also gut, ich fahre fort. Durch diese Bauvorhaben verzehnfacht sich diese Geschwindigkeit, wenn es überhaupt genügt. Die Geschwindigkeit, meine ich, und was das bedeutet brauche ich wahrscheinlich nicht erklären. So, und jetzt schlage ich vor eine kleine Pause einzulegen. Wer holt das Bier und die belegten Brote?"

Unsere Versammlung hatte sich an und für sich schon aufgelöst, obwohl wir uns dachten, daß der Karterianer noch sehr viel mehr zu erzählen, oder besser gesagt zu erklären hätte. Wir machten es uns trotzdem einigermaßen bequem, so gut es die Stühle und das viel zu enge Sofa zuließen. Einer besorgte Bier, ein anderer Wurstsalate oder Sandwiches. Zigaretten wurden gequalmt und Jonas fühlte sich bei uns so wohl, als ob er nichts anderes kannte. Es wurde locker diskutiert, so wie man sich das vorstellen kann. Maggi zum Beispiel hockte, meistens kauend, mit einem Brot in der Hand und die Knie übereinandergeschränkt irgendjemanden gegenüber und verteilte seine Weisheiten. Was die Damen erzählten bekam ich gar nicht so richtig mit, denn ich versuchte meine eigene Weisheiten an den Mann zu bringen, und mir Selim kam mir gerade recht.

„Tut mir leid Hacker, ich muß mit Achim etwas ausmachen!" Selim klopfte auf meine Schulter und widmete sich anscheinend etwas Wichtigerem.

Also beschloß ich mich etwas umzusehen, wenn eh niemand mit mir redete. Irgendwann öffnete ich gelangweilt die Herrentoilettentür und beschloß nicht zu müssen, nicht wegen der Unsauberkeit, sie war sauber, mir war nur langweilig. Langeweile ist manchmal etwas ganz tolles oder positives. Ella sagte doch: Erhole dich ein wenig, schaue dir andere Dinge an, entspanne dich. Gut, vom Entspannen konnte bis dato nicht die Rede sein. Unter Abenteuerurlaub konnte ich mir zwar etwas anderes vorstellen, doch das mein Trip langweilig war? Mit Sicherheit nicht. Was man so alles kennen lernt auf einer Fahrt nach Bayern. Ach toll, da hinten an der Rezeption war wieder mein Lieblingsportier. Richtung wechseln.

„Die anderen machen noch Pause, oder ein Sit in!" unterbrach Jonas meine Träumereien, während ich ihm fast auf seine Füße latschte.„Was denkst du über meinen Vortrag?"

„Okay, sagen wir mal so, viele Dinge habe ich noch nicht so kraß gesehen." „Du meinst das mit den vielen Erdbeben?"

„Klar, auch die häufigen Vulkanausbrüche und die versinkenden Inseln. Eigentlich wollte ich einmal auf so einem Atoll meinen Urlaub verbringen!"

„Und die Klimaschwankungen?"

„Eben, Naturkatastrophen gab es in letzter Zeit häufiger, aber wir in Europa bleiben doch meistens von so etwas verschont. Okay, vielleicht einmal etwas mehr Regen als sonst!"

„Ich denke, etwas mehr Aufklärung tut Not!", sagte mir Jonas verzweifelt ins Gesicht." Trommel deine Mitkumpels, oder was sie auch immer sind, zusammen. Ihr solltet noch mehr erfahren!"

Also rief ich wieder alle Leute zusammen, niemand murrte oder zog eine böse Mine, alle folgten dem Aufruf von Jonas die, sagen wir mal, Erklärungen fortzusetzen.

Brav setzten sich alle auf ihre Plätze, schluckten die restlichen Brotstummel runter, stellten die leeren Bierflaschen in die Kästen, drückten die Zigaretten aus und waren bereit zuzuhören.

„Freut mich sehr mein supertolles Publikum wieder begrüßen zu dürfen. Wo waren wir stehen geblieben? Ach ja, die Auswirkungen der Folgeschäden der Bebauung von diversen Staudämme oder Riesenwolkenkratzern!"

Jonas schnappte sich seinen Zeigestab und lachte förmlich vor Freude, in uns sehr gute Zuhörer gefunden zu haben.

„Erstens macht es mir mit euch einen Riesenspaß diese Themen zu verbreiten, weil ich mir sicher bin in euch die richtige Truppe gefunden zu haben, zweitens finde ich diese Mannschaft, oder Frauschaft, genau die richtige, um unser aller Ziel zu erreichen!"

„Welches Ziel denn?" wollte Achim wissen.

„Und dann noch als Matriarchat?"

„Hast du Weiberprobleme?", Biggi in ihrem Element.

„War doch nur ein Witz!"

„Haha!"

„Gut, wenn ihr euch jetzt einig seid, kann ich weitermachen!" sagte Jonas. „Durch die schnellere unnatürliche Plattenverschiebung wird die Gewichtsverteilung der Erde drastisch verändert. Die Achsenneigung steigt von 23,5° auf zirka 33°. Was bedeutet: die Umlaufbahn um die Sonne wird eieriger, zwar nicht so wie die des Pluto, doch sie wird bedrohlich. Im Verhältnis zum Mond und was das an den Gezeiten ausmacht kann ich euch anschaulich machen. Das Schiff ‚Captango' bekam einst eine Riesenwelle von 17 Metern ab bevor sie vor Scarborogh sank. Im Vergleich zu den Monsterwellen, die es dann geben wird, ist das nur ein kleiner Regentropfen. Wassertürme von 200 bis 300 Metern sind dann keine Seltenheit. Hat noch jemand Fragen?" wollte Jonas wissen.

Ich meldete mich als erster.

„Was haben wir damit zu tun? Wir sind doch nur kleine Lichtlein auf dieser Welt, während ihr E.T.'s doch unsere gesamte Evolution beeinflußt habt. Ihr seid doch die Genies!"

„Wir wissen schon warum wir euch ausgesucht habt, ihr seit etwas besonderes!" Jonas sprach sehr erhaben. „Doch, ihr seid etwas besonderes. Ihr wißt es zwar noch nicht, aber ihr werdet an eurer Aufgabe wachsen!"

„Und die wäre?", wollte Silvia wissen.

„Wie bitte?"

„Was soll denn unsere Aufgabe sein?"

„Nun, ihr werdet mir verschiedenen Politikern reden und sie über die Zukunft informieren."

„Politiker?", echauffierte sich Selim aus dem Hintergrund.

„Ich denke ich höre nicht richtig, Politiker, pah!" Maggi stand auf und wurde laut. „Politiker, wie witzig. Jeder von uns rennt zu einem Präsidenten und erklärt ihm das, was du uns erzählt hast. Das ist doch nicht dein Ernst. Schau dir doch uns mal an. Mit langen Haaren, die Klamotten, überhaupt unser ganzes Auftreten. Vergiß es, wir sind doch nicht in Hollywood, wo jeder Dahergelaufene Wunder vollbringen kann. Ich verstehe nicht, warum ihr euch die Politiker nicht zur Brust nehmt. Eure Möglichkeiten sind doch mit Sicherheit 1000 mal besser. Entführt doch ein paar und fliegt mit ihnen sonst wohin!"

„Hättest du vorher besser aufgepaßt wüßtest du, daß das nicht geht!", erwiderte Jonas.

„Ich geh mal Bier holen!" sagte ich, stand auf, sammelte das Leergut ein und verließ den Raum."

Da hast du dich auf etwas eingelassen, dachte ich, während ich Zigaretten zog. Maggi hatte schon Recht, das war eine bescheuerte Idee. Wir sind wohl so eine Art Zwischenlösung!

„Seid ihr nicht!"

Ich hatte Jonas nicht kommen hören, als er plötzlich hinter mir stand. „Nimm die Flaschen und deine Zigaretten und komm wieder mit in unseren Sitzungssaal dann erkläre ich weiter, ich bin noch nicht fertig!"

Ich schaute Jonas nur an und sagte nichts. Jonas legte seinen Arm auf meine Schulter und wir gingen wieder hinein. Drinnen angekommen, stellte sich Jonas wieder vor uns und führte seine Erläuterungen fort.

„Denkt ihr allen Ernstes wir wären noch nicht auf die Idee mit den Politiker gekommen? Sie zu entführen, oder besser gesagt, sie einzuladen? Schon vor Jahrzehnten legten wir wichtigen Leuten unsere Berechnungen vor. Die meisten sahen es auch ein, zumindest zogen sie es in Betracht, daß wir Recht haben könnten. Diese Politiker und Wissenschaftler wollten auch mit uns zusammenarbeiten. Merkwürdig war nur, daß alle vorzeitig gestorben sind. Egal mit welcher hochgestellten Persönlichkeit wir es zu tun hatten, egal welche Hautfarbe sie hatten, egal welcher Nationalität sie angehörten. Entweder sie fielen einem Attentat zum Opfer oder sie verstarben an seltsamen Krankheiten. Bald war das uns nicht mehr geheuer und das Risiko, auf diese Weise vorzugehen, war uns zu groß!"

„Und jetzt sollen wir unsere Köpfe hinhalten, vergiß es!"

Die anderen stimmten mir kopfnickend zu.

„Jetzt erst mal langsam!"

Jonas deutet mit den Armen uns zu setzen und wieder zu beruhigen.

„Es ist ja nicht so, daß kein Plan existiert. Wir haben das alles sorgfältig überlegt. Ihr bildet immer Zweiergruppen. Maggi mit Silvia, Achim mit Jutta, Paul mit Rosa und so weiter. Fällt euch an dieser Konstellation etwas auf?"

Jeder schaute sich seinen zugeordneten Partner musternd an. Allgemeines Kopfschütteln.

„Gut, dann werde ich euch aufklären. Maggis Vater sitzt im Aufsichtsrat der Firma ‚Kro Bau GMBH', die ist zuständig für Großbaustellen, die Dämme und Ähnliches errichten. Rosas Mutter hat ein Verhältnis mit dem Generalsekretär der Landesregierung, entschuldige bitte, Rosa, daß ich das erwähne!"

„Macht nix!", winkte sie ab. „Das weiß doch eh schon die halbe Welt!"

„Es sind immer zwei Partner im Team," fuhr Jonas fort, „der einen gewissen Einfluß auf eine wichtige Persönlichkeit haben kann, wenn er nicht blöd ist. Und blöd ist von euch keiner, sonst hätten wir euch nicht ausgesucht!"

„Und was ist mit mir?", wollte ich wissen

2

Woanders, was ist woanders? Im Augenblick frage ich mich, was „woanders" bedeuten könnte. Die Maschinen, an denen ich angeschlossen bin, scheinen mir den Dienst zu verweigern. Das Gepiepe, neben mir aus den Metallkästen, wird immer schwächer. Die Pumpe, die an einen alten Autoreifen erinnert, macht ihren Namen alle Ehre: „Lungenautomat". Wenn ich könnte, würde ich mich darüber totlachen. Ich schaue auf die sterile, schneeweiße Decke. Wie lange wird dieser Autoreifen wohl durchhalten?

Das liebliche Gesicht des Engels, der anscheinend ewig auf mein Erwachen, mit Spaghetti und Bier, gewartet hat, löst sich langsam im Nichts auf. Leicht verschwommen erkenne ich die Umrisse und Struktur der Gestalt, nur an den Namen kann ich mich nicht mehr erinnern. Ella? Oder Selma?

Eine ganz in weiß bekleidete Dame beleuchtet mit einer Minitaschenlampe meine Augen.

„Hallo. Hallo!"

Irgendwie verschwindet ihr Hallo echoartig in meinem Hirn, oder sollte man es Seele nennen?

Ich bin verzweifelt. Wer ist das, der mich ruft? Ella?

Vermutlich nicht. Der Nudelgeruch ist verschwunden, und alles riecht etwas seltsam, nicht zu definieren, einfach nur ekelhaft. Vielleicht bin ich der, der diesen Gestank verströmt, keine Ahnung.

Das letzte, langgezogene Piepsen hat mich immer mehr zum Träumen inspiriert. Keine Ahnung, was ich träumte, doch immer war es etwas Merkwürdiges.

Das Dumme am Träumen ist, daß man sich eventuell an die erste halbe Stunde erinnern kann, nach dem Aufwachen. Mir ist klar, daß man sich konzentrieren und alles Erlebte aufschreiben muß, dann ist finito.

Ich denke, bei mir ist es soweit. Ich schaue meinem Schöpfer in die Augen. Wie mag das wohl sein?

Werde ich, während meiner Sterbensphase, irgendwelche Gesichter der Vorfahren, Urgroßmama oder Urgroßpapa sehen, oder sogar unbekannterweise begrüßt werden?

Werden Nebelschwaden mich einhüllen?

Wie verabschiedet man sich vom Leben? Denn, eines ist klar, lange dauert dies es hier nicht mehr.

Was haben Kinder im Kopf, deren Leben sofort nach der Geburt endet? Was andere, die nur 2 oder 5 Jahre alt werden, kurz vor dem Lernstadium? Sie erfassen die Welt ja noch gar nicht richtig. Doch ich hatte das Glück, zumindest 46 Jahre Erdzerstörung mitzuerleben.

„So, das waren die letzten Aufzeichnungen eines unserer sogenannten Agenten."

Jonas schaltete sein Kästchen aus und zuckte mit den Schultern. „Wie du siehst, haben es nicht alle, wie wir uns das vorgestellt hatten geschafft. Die Mikrochips, die wir ihnen implantierten, lösten sich von selbst auf. Uns bleiben nur ihre persönlichen Geschichten und eine gewisse Wartezeit."

„Und wie lange dauert diese Wartezeit?" wollte Selim wissen. Der Klang seiner Stimme war fast vorwurfsvoll.

„Bedeutet das, daß wir wochen-, beziehungsweise monatelang auf die Neuankömmlinge warten müssen? Ich denke nicht, daß ich es hier, 130.000 Meter unter dem Meeresspiegel, aushalte, ohne mich zu Tode zu langweilen!"

„Das mußt du vielleicht gar nicht!, versuchte Jonas ihn zu beruhigen. „Es könnte durchaus sein, daß dich mein Urururgroßvater bald holen wird!"

Selim verdrehte die Augen.

„Wer, dein Urururgroßvater? Willst du mich verarschen?"

„Das ist sehr schnell erklärt. Setz' dich auf den Felsen dort." Jonas setzte ein verschmitztes Lächeln auf und tat ein wenig geheimnisvoll. „Du bist ein Schutzengel ersten Grades, ich bin ein Schutzengel dritten Grades, glaube ich jedenfalls; mein Urur- und-so-weiter-großvater, des was-weiß-ich-wievielten Grades. Wir sind alle schon einige Male gestorben und wiedergeboren, einmal, zweimal, keine Ahnung. Solche Dinge weiß mein Vorfahre, aber genaueres erzählt er nicht. Träumst du manchmal?"

„Ja, natürlich träume ich manchmal!"

„Kannst du dich an manches erinnern, von dem du geträumt hast?"

„Manchmal, nachdem ich aufgewacht bin, denke ich oft, wie kann man nur so einen Stuß zusammenträumen, und nach einer halben Stunde etwa weiß ich von nichts mehr, alles vergessen!"

„Siehst du, das sind nur teilweise deine Träume, größtenteils sind das Dinge, die du schon einmal erlebt hast, und zwar in einem anderen Universum, auf einer anderen Bewußtseinsebene, einem, na ja, wie könnte man das beschreiben, einer Art Paralleluniversum!"

„Was du beschreiben willst, hilft mir weiter. Wenn ich dich richtig verstanden habe, lebe oder existiere ich in mehreren Universen gleichzeitig?"

„Ja und nein. Deine Gedanken machen eine Art Sprünge. Sie befinden sich hier, etwas zeitversetzt. Sie erleben scheinbar Dinge, die du auf jeder Ebene für real empfindest, doch nichts ist, wie es ist. Wie in der Mathematik, sie ist zwar bisweilen sterbenslangweilig, dennoch logisch. Nimm verschiedene Ziffern: Jede bestimmt einen eigenen Wert. Dennoch, zählst du sie zusammen, entsteht eine andere Zahl. Rechnest du aber die Quersumme aus, entsteht etwas völlig Neues. Nimmst du von einer zweistelligen Zahl die Quersumme, beim Subtrahieren, Dividieren, egal, was du auch rechnest ...! Kannst du mir folgen?"

„Vielleicht später einmal!"

3

Selim winkte etwas überfordert ab und sah sich zum ersten Mal in seiner neuen Umgebung etwas intensiver um. Alles schien wie ein gigantisches Aquarium, das mit Glaswänden begrenzt war. Nur, daß sie im Trockenen saßen, eigentlich eher ein Terrarium, und Fische sind die Beobachter. Überall waren zerklüftete, hell erleuchtete Felsstrukturen zu erkennen. Das Wasser und die gesamte Umgebung waren überhaupt sehr hell. Man konnte jede Kleinigkeit, bis in eine riesige Entfernung, genau erkennen. Das machte Selim stutzig.

„Das ist merkwürdig!", murmelte er und rieb sich das Kinn.

„Überrascht dich etwas?" Jonas trat hinter Selim und hielt dessen Schultern.

„Wo sind denn hier die Fische, die Algen, die Vulkane? Ich meine die ganz Kleinen, die habe ich doch schon oft in irgendwelchen Dokus im Fernsehen gesehen. Und um diese kleinen Vulkane tummelten sich verschiedene weiße Tierchen, und in der Strömung strauchelten Pflanzen hin und her, wie im Wind. Und alle Lebewesen waren weiß, weil sie noch nie mit Sonnenlicht in Berührung gekommen waren, doch hier ist alles hell, und das in dieser Tiefe! Hier!", schrie Selim auf einmal noch erstaunter. „Ein Delphin, was hat denn der hier unten zu suchen?"

Er verfolgte die Streifzüge des Delphins mit seinem Zeigefinger. Die Erde scheint verrückt zu spielen!

„Das ist nicht die Erde, das ist Tintra!" Jonas klopfte Selims Schulter leicht. „Und das ist Goldie, einer der wenigen Tintras, die es zu ihrem Ursprungsort zurückgeschafft haben. Da bist du baff, hää?"

Selim sagte nun gar nichts mehr und schaute seinen neuen Lehrer nur mit großen, verdutzten Augen an.

„Ja", fuhr der fort. „Einer, der letzten Tintras!"

„Aber das ist ein Delphin!"

„In deiner Heimat nannte man diese herrlichen Geschöpfe Delphin, hier auf Tintra sind das, wie alle ähnlichen Wesen, Tintras. Goldie hatte sehr großes Glück. Er wurde von einer Seuche auf der Erde verschont. Seltsame Bakterien oder Viren nisteten sich in die meisten der Meeresbewohner ein und befielen ihr Hirn. Was zur Folge hatte, daß die Menschen auf der Erde alle im Meer befindliche Lebewesen umbrachten, ohne an die Konsequenzen zu denken, wie immer eigentlich. Goldie hatte Glück. Er wurde als Bombenaufspür-Delphin trainiert und explodierte bei einem Einsatz. Zuvor wurde er schon öftersmal von Walfangflotten gejagt, eingenetzt, mit Harpunen beschossen und so weiter und so weiter. Delphine, Wale und Kraken, also die ganz großen Tiere, Haie übrigens auch, sind Lebewesen der Erde, die schon mindestens ein Mal gestorben und wiedergeboren wurden. Leider haben die Homo sapiens, also deine damalige Rasse, es sehr gut verstanden, sich das Leben selbst zur Hölle zu machen. Durch das, was sie als Chemiecocktail kreierten, wurden die Meere derart verseucht, daß deren Bewohner mit allem möglichen Zeug verseucht wurden. Niedrigere Lebensformen, wie Quallen und anderes Getier, nahmen dieses Zeug als Nahrung auf. Diejenigen, die sich von diesen Tieren ernährten, steckten die Großen an – Nahrungskette, verstehst du?"

Selim versuchte sich wieder zu fassen, doch die Eindrücke waren anscheinend zu groß.

„Du zeigst mir hier eine Welt, die ich nicht begreifen kann. Was soll ich jetzt daran verstehen?"

Jonas drehte den etwas geschockten Selim in seine Richtung und schaute mit ernstem Blick in seine Augen.

„Was ich dir sagen möchte, ist doch gar nicht so schwer zu begreifen. Dort wo du herkommst, geht eine Welt zugrunde, und du hast dieses Inferno überlebt. Zwar auf einer anderen Stufe, aber du kannst noch denken. Und wenn du dich zwickst, kannst du dich fühlen, oder nicht?"

Selim kniff sich in die Backe.

„Aua, stimmt! Aber was habe ich davon, wenn ich mit dir in diesem Glaskäfig sitze und niemanden mehr habe? Keine Mitmenschen, kein Haustier, keinen ..., ich weiß nicht, was man noch so braucht. Ich sitze hier und warte auf etwas, von dem ich nicht einmal weiß, was es ist und wie lange es dauern wird!"

„Du sitzt hier, weil dich jemand umgebracht hat!"

Selim schaute Jonas entsetzt an und fand keine Worte. Er stand auf und begann sich langsam die müde gewordenen Beine auszuschütteln. „Was soll diese ganze Scheiße hier?", dachte er bei sich und zwickte sich wieder und wieder. Dann rannte er los. Irgendwo sollte doch diese miese Glaskuppel ein Ende haben. Selim rannte und rannte. Die durchsichtige Absperrung wurde ihm zum Feind, und er trommelte während seiner Verschnauf- pausen immer wieder auf sie ein. Er hatte noch nie irgendwelche Probleme mit Klaustrophobie, obwohl die Weiten der Meere fast rundum zu erkennen waren. Die Ängste schnürten jetzt seinen Hals weiter zu, und er meinte, ersticken zu müssen. „Macht dieses verdammte Ding endlich auf! Macht auf!" und er rannte weiter. Zuerst dachte Selim, jemand hätte ihm ein Bein gestellt, als er der Länge nach hinfiel, doch dann bemerkte er einen großen, spitzen Stein. Wütend hob er die vermeintliche Waffe mit seiner ganzen Kraft und schleuderte sie gegen die Glaskuppel.

„Da kannst du lange werfen, das ist feinster Diamant!"

„Du hast mir doch ein Bein gestellt, dacht ich mir's doch!"

„Selim, steh auf!" Jonas bot seine dreifingrige Hand an und Selim erschrak. „Mein Gott, bei jedem Ding erschrickst du. Okay, ich habe nur drei Finger. Was würdest du in deiner alten Welt machen? Da leben Menschen, die Unfälle hatten, Glied- maßen verloren oder behindert waren, geistig wie körperlich. Ja ,sogar Dunkelhäutige, wie du es bist! Hättest du dich da auch er- schrocken? Was bist denn du für ein Weichei!"

„So, Herr Oberschlau!"

Selim zog sich an Jonas Hand nach oben, täuschte ein Schwindelgefühl an und schlug mit voller Wucht in dessen Gesicht. Doch er traf nicht! Jonas wich keinem seiner Schlägen aus, doch Selim traf ihn einfach nicht. Völlig fertig setzte Selim sich auf den Felsen, den er zuvor als Waffe nutzen wollte, schaute Jonas von unten an und grinste.

„Zaubererei?"

„NEE, das versuche ich dir schon seit geraumer Zeit bei- zubringen, aber du hörst entweder nicht zu, oder du weigerst dich einiges zu begreifen! Laß uns zurückgehen!"

„Ist das Zurückgehen relevant? Ich renne hier schon seit einer Weile wie ein Idiot herum und finde nirgends einen Unter- schied!"

„Es ist sehr relevant, glaube mir einfach!"

Obwohl Selim wie ein Irrer seine Hände in die Füße genommen hatte, um seiner Panik davon zulaufen, war es, als ob der Weg zurück zum Ausgangspunkt keine zehn Sekunden gedauert hätte.

„So, und was ist hier anders, als rechts oder links von hier? Schau dich doch um, alles sieht genau gleich aus. Wasser, überall nichts als Wasser, keine Fische, keine Algen oder irgendetwas Abwechslungsreiches!"

Selim turnte herum wie Rumpelstilzchen und war vermutlich kurz vor einem Herzkasper. Er trat gegen die diamantenen Wände, obwohl er wußte, daß das völlig umsonst war – Härte Zehn. Jonas setzte sich ganz ruhig auf einen Stein, grinste etwas überheblich und ließ Selim sich abreagieren.

„Irgendwann ist auch deine Kondition zu Ende", dachte er und stützte seinen Kopf auf den Arm. Zeit war nicht einzuschätzen, sie schien weder vorwärts noch still zu stehen. Jonas war es relativ egal, wie lange Selim sich hier so aufführen sollte. Doch auf einmal brach Selim in sich zusammen und krümmte sich schmerzverzerrt. Er wandte sich um seinen Körper, zuckte öfter mit einigen Gliedmaßen und jammerte ganz leise vor sich hin. Jonas stand gemächlich auf und lief langsam, den endlosen Horizont musternd, auf und ab. Hin und wieder beobachtete er Selim, dessen Schluchzen immer stärker wurde. Jetzt schien er völlig aufgelöst.

„Komm her!"

Jonas faßte Selim vorsichtig unter die Schultern und nahm ihn in seine Arme. „Erzähle mir, was dich bedrückt!"

„Schau dich doch um!" Selim riß seinen Arm aus der tröstenden Umklammerung und zeigte auf seine Umgebung. „Das ist nicht meine Welt, das hier ist alles Scheiße! Hier ist nichts, aber absolut gar nichts, was interessant oder positiv wäre. Ja schlimmer noch, es gibt nicht mal etwas Negatives. Es gibt nichts, einfach absolut nichts!"

„Ich hatte kürzlich einen Traum, an den kann ich mich seltsamerweise noch einigermaßen erinnern. Mir blieb selten etwas von meinen Träumen, doch an diesen kann ich mich noch schleierhaft erinnern!"

„Du gingst ..."

Selim unterbrach Jonas sehr schnell und befreite sich aus seiner fürsorglichen Umklammerung, um Jonas' Satz zu ergänzen und fortzufahren.

„Ich ging nicht, ich rannte und zwar voller Panik!" Er rieb an seiner Stirn um sich besser zu konzentrieren: „Nein, ich dachte nur, daß ich rannte. Im Endeffekt war alles irgendwie getürkt. Warum, weiß ich nicht. Ich erinnere mich an einige Dinge in meiner Kindheit, aber nur noch verschwommen!"

„Das liegt daran, daß du mehrere Kindheiten erlebt hast und in den Träumen einiges durcheinander bringst. Du bist jetzt hier an diesem für dich, stinklangweiligen Ort. Doch wenn du genauer darüber nachdenkst, ist er gar nicht so uninteressant, denn hier kannst du deine Vergangenheit sehen!"

„Durch Träume?"

„Nein, durch meine Technik. Eine Art – Wie soll ich es nennen? keine Ahnung. Auf jeden Fall kann ich dir einige Geschichten suggerieren, die sich vor Tausenden von Jahren auf einem Planeten, nicht weit von hier, nur etwa sechzehn Millionen Lichtjahre, Namens Erde, ereignet haben."

Jonas nahm eine bequeme Sitzstellung ein und deutete Selim, es ihm gleichzutun. Dann kramte er sein geheimnisvolle Kästchen hervor und startete es.

„Als die ersten Bilder langsam und noch verschwommen erschienen", erklärte er. „Die Reihenfolge der Bilder, die du jetzt siehst, hat nichts mit deren Ablauf in der Zeit zu tun, manche Dinge geschahen früher und manche später. Das wichtige ist, daß sie geschehen sind. Das hat alles mit den Paralelluniversen zu tun!"

„Aha!"

Während er sich den schärfer werdenden Bildschirm betrachtete, knetete Selim seine Unterlippe und tat so, manchmal zustimmend nickend, als ob er alles verstünde. Die ganze Chose lief an ihm vorbei. Mal beherrschte ein Erdbeben in der Nähe des Mariannengrabens den Schirm, mal die riesige Überschwemmung vom Jahr 2020 am Jangtsekiang, bei der fast dreiviertel der Anwohner ums Leben kamen.

Dann kamen Bilder, die schon etwas älter waren. Sie zeigten, wie tonnenschwere Lastwagen auf einem Kontinent namens

Terra Australis, den es auf der Terra Novum gab, also auf der Erde der damaligen Zeit, und so um etwa Anno Domini 2017, 2018 irgendwie verschwand. Doch das waren nicht die einzigen Teile, die verschwanden.

„Erinnerst du dich?", wollte Jonas wissen.

„Einige meiner Träume erinnern mich an Personen!" Selim rieb sich die Stirn. „Keine Ahnung, einer half mir, weil ich dunkelhäutig bin, gegen eine Menschenmeute. Waren es Menschen? Gibt es solche?"

„Es gab sie, sehr lange her, vor unserer Zeitrechnung. Verzeih, wir haben so etwas schon lange nicht mehr!"

„Langsam kapiere ich, daß ich in Raum und Zeit gefangen bin!"

„Anscheinend noch nicht, du bist weder in der Zeit noch im Raum gefangen. Du mußt dich nur daran gewöhnen. Weißt du, wie lange wir uns jetzt schon unterhalten?"

„Mit meinem Davonlaufen oder ohne?"

„Egal."

„Zwanzig Minuten?"

Jonas konnte sein Grinsen nur schwer unterdrücken, schaute Selim an und mahnte ihn mit seinem mittlerem Finger, was nichts anstößiges hatte, bei drei Fingern.

„Du sprichst bei den Menschen von haben, nicht als hatten!"

„Das sagt absolut gar nichts. Wir hatten einmal über, na sagen wir mal knappe 34 Millionen, oder ein paar Millionen Jahre mehr, jede Menge Menschen in unserer Milchstraße. Die eine Generation versaute den einen Planeten, die nächste den anderen. Diese Rasse ist bei uns so ziemlich abgeschrieben. Es gab einmal einen Planeten, der sich Erde nannte. Die Bewohner bekamen eine neue Chance sich fortzupflanzen und sich weiter zu entwickeln, auf einem Planeten namens Mars. Sie hätten dort alles mögliche gehabt, um sich zu entwickeln, doch sie zerstörten ihn, frage mich bitte nicht wie, es war halt so. Dann bekamen sie eine neue Chance, weil ein Planet zwischen der Erde und dem Mars mit einem Asteroiden, der normalerweise auf Jupiter einschlagen sollte, kollidierte. Dann mußten die Menschen auf diesen Planeten, den alle Erde nennen, ausweichen!"

„Stop!" Selim hielt seinen Zeigefinger quer über Jonas' Lippen. „Ich kann mich an etwas erinnern. Ich wurde verfolgt ...!"

„Das ist absolut unwichtig. Ob dir geholfen wurde und von wem, absolut unwichtig!"

„Für dich natürlich nicht! Du kannst hier in der Weltgeschichte rumbeamen und dich interessiert hier gar nichts. Ich kann mich an wesentlich aufregendere Tage erinnern, und seien es nur Träume. Ich weiß noch ganz genau, da bin ich mit einem Typen Namens Hacki und seiner Frau ..." Selim runzelte die Stirn. „Ich denke Ella war ihr Name, bei mir zu Hause in der Botschaft ...!"

„Auf diese beiden warten wir!"

„Und was ist aus den anderen geworden? Achim, Silvia, Maggie ... Ich weiß gar nicht mehr, wie sie alle hießen!"

„Wie auch, nach so vielen Jahrzehnten. Doch ich kann dir genau zeigen, wie es ihnen ergangen ist. Hast du irgendwelche Daten?"

„So um 1987 bis 1995, Erdzeit."

Selim versuchte, ein hämisches Grinsen ins Gesicht zu kreieren.

Jonas klickte sein geheimnisvolles Kästchen an und gemeinsam machten sie es sich, so gut es ging, vor dem Bildschirm bequem.

Ein kleiner, dunkelhäutiger Junge spielte mit einem Plüschkamel. Seine schwarzen Locken bedeckte ein Fes. Das Zimmer, in dem er sich befand, war sehr luxuriös ausgestattet. Teure Teppiche lagen über dem mit Mosaiken verzierten Marmorboden.

„Siehst du Jonas, das müßte ich als Kind sein!"

Jonas sagte nichts, er drückte weiter auf sein Zauberkästchen.

Diesmal rannte Selim durch eine kleine Ortschaft. Die Straßen waren schneebedeckt. Ab und zu drehte er sich um, es schien als würde er verfolgt. Die Angst stand ihm ins Gesicht geschrieben und der Schweiß rann ihm über die Wangen.

„Hier, an diesen Tag kann ich mich noch ganz genau erinnern!" Selim sprang auf und fuchtelte mit dem Zeigefinger im Bild herum. „Du warst damals auch dabei, es ging darum, Hackies Mut zu testen, ob er mich retten würde oder nicht. Gleich renne ich in eine Bushaltestelle und Hackie stellt sich zwischen eine Meute Rechtsradikaler und mich, von denen er denken soll, sie würden mich platt machen. Paß auf, gleich kommt's!"

Auf dem Bildschirm versteckte sich Selim in einem Bushaltestellenhäuschen. Er kauerte ängstlich auf den Knien und war völlig außer Atem. Eine Gruppe mit Nazisymbolen bestückten Schläger umzingelten Selims Versteck. Sie waren mit Baseballschlägern, Knüppeln und Messern bewaffnet. Selim flehte um Gnade. Einer der Rowdies zog einen Wurfstern aus der Tasche und schleuderte die Waffe in Selims Stirn. Ein anderer stach in dessen Herz. Dann wurde auf den schon tot am Boden Liegenden weiter mit Stiefeln und Knüppeln eingedroschen. Aus seinem Mund, der Stirn und seinen Ohren quoll Blut hervor.

„So war das doch gar nicht!", schrie Selim auf, gestikulierte vor Jonas und führte einen wahren Veitstanz auf.

„Ach, so war das nicht? War es etwa so?" Das Kästchen wurde bedient.

Selim war als etwa 50-Jähriger zu erkennen. Er trug einen Speer und pirschte sich an eine Antilope heran, als ihn plötzlich zwei halbwüchsige Löwenmännchen von hinten anfielen und zerfleischten.

„Oder so?"

Selim schlich als 20-Jähriger, eine Maschinenpistole im Anschlag, auf ein kleines Lager zu. Er war mit einer Militäruniform bekleidet. Dann geriet er mit einem Fuß auf eine Tretmiene und flog, durch die Explosion völlig zerfetzt, durch die Luft.

„Oder dann doch lieber so!"

Selim sitzt als etwa 80-Jähriger, mit einem eleganten Anzug bekleidet, auf einem überproportioniertem Sessel. Ihm werden von seinen Angestellten Akten gereicht, die er lächelnd unterschreibt. Ab und zu betreten diverse Diplomaten den riesigen Raum. Dann erhebt sich Selim und schüttelt ihnen lächelnd die Hände.

„Und was ist das?" fragte Selim, als Jonas das Kästchen deaktivierte.

„Wieso sterbe ich in dieser Szene deiner Filme nicht? Fällt dir nichts grausames mehr ein? Du bist so was von gemein!" Selim vergrub sein Gesicht in den Händen und schluchzte leise.

„Es wäre wirklich toll, wenn ich mit diesen Dingen etwas zu tun hätte und all das beeinflussen könnte. Glaub mir! Aber das ist nicht auf meinem Mist gewachsen!"

„Nicht?"

„Nein! Mir ist die Möglichkeit gegeben, zu veranschaulichen, was alles hätte sein können. Du wirst es nicht glauben, aber das ist auf deinen eigenen Mist gewachsen!"

„Das glaubst du doch selbst nicht!"

„Nein, ich glaube das nicht, ich weiß es!"

Selim blickte zu Jonas auf und wischte einige Tränen aus seinem Gesicht. „Das soll ich selbst verbrochen haben?"

„Natürlich, es ist zwar nur eine hohle Phrase, doch jeder ist seines Glückes eigener Schmied. Da kommen so viele Dinge auf einmal auf jeden Einzelnen zu. Dinge, von denen keiner so richtig weiß, was sie bedeuten. Nimm jedes Beispiel deines Todes, und das sind bei Weitem nicht alle Arten zu sterben. Es kann so oder anders sein. So, wie du es willst. Du lebst ganz normal irgendein Leben, wie du dir es vorstellst. Du entscheidest für dich, was richtig oder falsch ist. Du hältst nicht für möglich, von wie vielen äußeren Dingen du dabei beeinflußt wirst! Nehmen wir das Beispiel mit den Löwen: Du mußt für deine Familie sorgen und auf die Jagd gehen, um abends am Lagerfeuer etwas Eßbares anzubieten. Vielleicht warst du einige Jahre zuvor, als dir dein Lehrer das Jagen beibrachte nicht richtig bei der Sache und du hattest nicht richtig aufgepaßt, wie man so etwas macht. Oder du mußtest gar nicht auf die Jagd gehen, weil du einige Zeit zuvor für klüger hieltest etwas anderes zu erlernen. Du wärst nie der Antilope und den Raubtieren begegnet und vielleicht an Altersschwäche gestorben. Ein anderes Beispiel: Dein Volk und deine Familie werden von einer feindlichen Macht aus einem anderen Land bedroht. Du mußt dabei helfen alle zu schützen. Mag sein, daß du glaubst das mit der Waffe tun zu müssen. Vielleicht wäre es aber vernünftiger den Konflikt mit diplomatischen Mitteln zu lösen. Du kannst mit der Waffe in der Hand getötet werden oder ein steinalter Politiker werden, der einem Attentat zum Opfer fällt. Natürlich lebst du in einer sozialen Gemeinschaft und kannst nicht allein entscheiden, aber du agierst und reagierst. Du hörst auf eine innere Stimme oder folgst deinem Bauchgefühl, doch du weißt eigentlich nie, was wirklich richtig oder falsch ist. ‚Du sollst nicht töten', heißt es in gewissen Aufzeichnungen. Wenn du tötest, bist du ein bösartiges Individuum. Tötest du nicht, könnte es passieren, daß deine ganze Familie umkommt, deine Nachkommen, deren Schicksal schon vorbestimmt ist und du zerstörst die Zukunft. Weiß man es genau, was man richtig macht? Du kannst dich nie für das Richtige entscheiden weil du die Zukunft nicht kennst!"

Jonas sah Selim mit ernster Miene an.

„Mag ja sein, du hast Recht. Doch wieso kannst du mir verschiedene krasse Beispiele vorführen? Was war real und was nicht?"

Selim kratzte sich verwundert am Kopf.

„Auch wenn du es mir nicht glaubst, ich habe nicht die geringste Ahnung. Das sind alles Aufzeichnungen eines Chips, der in einem Selim implantiert war. Es wäre vorstellbar, du bist in dem Haltestellenhäuschen nicht verblutet, dich hat jemand rechtzeitig ins Krankenhaus gebracht. Du hast überlebt, wurdest in ein künstliches Koma versetzt und träumtest eine dieser Geschichten. Vielleicht hast du diese gemeine Landmine überlebt oder den Löwenangriff. Da gibt es viele Möglichkeiten, aber ich habe mit nichts von alledem zu tun. Ich sitze hier, für deine Verhältnisse schon ewig und drei Tage, und warte auf irgendwelche Dinge, die mir meine Vorfahren erklären werden. Schau dir doch noch mal die Aufzeichnungen von diesem Hacki an! Er sitzt in seiner Badewanne und hat nicht die geringste Ahnung, was mit ihm geschieht. Genau das Gleiche an seinem Krankenbett und das nicht nur einmal. Zuerst glaubt er, einen Schutzengel, namens Selma, mit seiner Frau Anne zu verwechseln, dann ist diese Anne wieder Selma und später eine Ella! Was von alldem ist real und was nicht? Die einzige logische Erklärung ist die fast erwiesene Theorie der Paralleluniversen. Wer weiß, was geschehen wäre, wenn er jemandem von seinen Ufo-Begegnungen erzählt hätte. Man könnte ihn für Balla-balla halten. Man könnte sich auch über die Besucher anderer Welten gefreut haben. Hätte er sich, wie in deinem Beispiel, zwischen dich und die Neonazis gestellt, hätte er deinen Tod erleiden oder Held werden können. Weiß man's? Wäre nicht nur er, sondern die gesamte Zivilisation in diesem Leben im Weltall herumgereist, was hätte alles sein können? Vielleicht wäre das gesamte Universum aus dieser Anschauung – ich nenne es mal so ‚viel-völkerschichtig' – besiedelt, wenn er als kleiner Junge überfahren worden wäre? Wenn der alte Mann ein

Sexualstraftäter gewesen wäre? – Du merkst, man weiß es nicht. Man kann nicht einmal ernsthaft darüber spekulieren."

„Warum sitzt du dann, wie du behauptest, schon ewig und drei Tage hier und kannst dieses Kästchen benutzen? Wieso kannst du über dieses Kästchen verfügen und ich nicht?"

Selims Gesichtszüge Jonas gegenüber ließen viele Zweifel aufkommen.

„Wieso hocken wir in einer nicht endenden Höhle unter Wasser auf einem Planeten? Ist das hier überhaupt ein Planet?"

„Tintra nennen wir ihn. Schau, ich zeige dir etwas."

Jonas berührte einen unscheinbaren Stein an der Wand, worauf die sich etwa 10 Zentimeter öffnete und eine kleine Tastatur zum Vorschein kam. Jonas betätigte einen der Knöpfe. Nach wenigen Sekunden schnellte ein riesiges Periskop, 30 Zentimeter vom Umfang, in die Höhe, durchbrach die durchsichtige Schutzvorrichtung und ließ dann einen Blick auf Tintras Oberfläche zu.

„Schau mal hindurch!"

Jonas lud Selim ein, einen Blick zu riskieren. Erstaunt nahm Selim das Gerät zur Hand und schaute hindurch. Ständig wechselte er seine Position, um möglichst alles erfassen zu können. Er drehte sich nach rechts, nach links, um seine eigene Achse, zog das Teil mal ein wenig nach unten, dann nach oben und drehte an einem Rädchen, um die Sehschärfe zu korrigieren.

„Ich fasse es nicht!", rief er laut, ohne seine Beobachtungen zu unterbrechen. „Wenn ich mich noch an einige Unterrichtsstunden erinnere", er blickte kurz auf Jonas, „egal in welchem Leben auch immer, real oder nicht, hier oben sieht es aus wie auf der damaligen Erde, kurz nachdem sie langsam erkaltete. Ich sehe so etwas Ähnliches wie den Urkontinenten Gondwana!"

„Da kann man einmal sehen, daß du in irgendeinem Leben nicht richtig aufgepaßt hast!", verbesserte Jonas seinen Anfangsschüler. „Laut meinen Berechnungen kann es nur Pangäa sein, ein paar Milliarden Jahre später. Aber was sind schon die paar Jahre!"

Selim drehte sich zu Jonas.

„Du kannst erstens das Ding hier wieder einziehen und zweitens mich auf meinen Heimatplaneten Erde zurückbringen!" Er wurde jetzt richtig wütend. „Und solltest du behaupten, es nicht zu können, dann Gnade dir Gott!"

„Beruhige dich erst einmal."

Jonas wippte mit den Handflächen auf den Boden um die Lage etwas zu beruhigen.

„Wenn du möchtest, zeige ich dir deinen Heimatplaneten!"

„Wird auch langsam Zeit! Ich habe nämlich keine Lust, auf diesem Stück Stein tausende von Jahren eine oder mehrere Entwicklungen miterleben zu müssen, bis ich alt und grau bin!"

„Ich denke, du hast absolut nicht kapiert, was ich dir erklärt habe", meinte Jonas verzweifelt. „Aber soll mir Recht sein, ich zeige dir wohin ich dich bringen werde!"

4

Seichter, regelmäßiger Regen ließ einen klaren Blick auf die Bergregion der unteren Alpen in weitere Entfernungen nicht zu. Auf den zertrampelten Äckern, die früher einmal saftige, kräftige Blumenwiesen mit seltenen Kräutern und nahrhaftem Gras für das Vieh gedeihen ließen, standen einige armselige abgemagerte Kühe und versuchten, mit ihren fast schwarzen Zungen die neu eingeschleppten Parasiten, von ihrer von Schlamm und Schleim verdreckten Haut zu lecken. Die dicken, grünen Schmeißfliegen, die sich früher mit ihrem Kuhschwanz vertreiben ließen, labten sich an offenen Wunden und fanden eine optimale Brutstätte für ihre Eier. Wenn eine der Kühe fliehen oder ihren Standpunkt auf der Weide ändern wollte, drohte sie auf dem glitschigen Boden auszurutschen und nicht mehr auf die Füße zu kommen. Vom Bergpanorama war nicht mehr viel zu sehen. Da wo sich früher um diese Jahreszeit die ersten Wintersportler zur Vorbereitung trafen, war kein Mensch weit und breit. Der Almbetrieb war schon lange abgesagt worden. Dort oben, wo Jahrtausendelang der Gletscher regierte, war nur noch blanker Felsen, keine Schneeflocke konnte sich festkrallen.

„Klimawandel!", rief Selim und rieb sich eine Träne aus dem Auge.

„Logisch, gab es schon immer, schon millionenmal. Trotzdem, wie ich sehe, ist es schwer für Dich sich an solche Bilder zu gewöhnen!"

Wie ein von Hunger getriebener Tyrannosaurus Rex greift der überdimensionale Bagger seine Reißzähne in das Waldstück. Mit einem Happs zerrt er 20 Bäume aus ihrem Wurzelbett, in dem sie schon 1000 Jahre wohnten und reicht sie seinem Verdauungsorgan, einem gierigen Subjekt, das die Körper innerhalb von Minuten in Sägemehl oder Streichhölzer verwandelt. Woanders benötigt man solche Saurier gar nicht mehr. Da gibt es noch schlimmeres. Da werden den ersten Einwohnern jedes für Leben geeigneten Planeten unten die Beine abgesägt. Daneben steht der Homo sapiens (Homo idiotensis) und freut sich über eine kräftige Prämie in Form von Geld.

Auf dem Fischkutter sitzen zwei alte Männer und schauen ratlos ihre leeren Netze an. Ein paar Quallen winden sich in den Maschen, scheinen zu grinsen, schleimen an den Rändern herunter und gleiten ins braune Meer zurück.

Jeweils hinten und vorne des Einbaums sitzen, wild gestikulierend, zwei vom Stamme der Pygmäen und halten enttäuscht ihre Netze in die Höhe. Ein paar durchsichtige Quallen befinden sich darin.

„Wie sollen wir unsere Familien heute satt bringen?"

Auf dem Trawler im Atlantik herrscht helle Aufregung. Die Netze scheinen voll zu sein.

„Dann mal hoch mit dem ganzen Zeug!" Einige halb durchtrennte Delphine fliegen blutend von Bord. „Das können wir nicht gebrauchen!" Einige andere intelligente Meeresbewohner, die durch ihre Körperbeschaffenheit mehr Glück besitzen, seilen sich ab und gelangen fast unbeschadet ins Meer zurück.

„Scheiße, schon wieder nur Quallen! Nehmt die paar Fische und werft den Rest zurück!" Tonnen toter oder verletzter Meerestiere werden brutal und blutüberströmt zurück ins Meer geschmissen.

„Ja, aber die Haie, die Raubvögel!"

„Raubvögel gibt es nicht auf hoher See und Haie fressen nichts verseuchtes!"

„Was willst du mir zeigen? Sag es unverblümt!"

„Das mache ich in diesen Augenblicken", sagte Jonas und fuhr fort.

„Das sind deine Freunde, aus welchem Traumleben auch immer sie gewesen sind. Achim, Silvia, Hackie, Maggie, wie immer sie auch geheißen haben. Schau hin, sie werfen Handgranaten. Die sympathischen jungen Menschen werfen Handgranaten! Aber nicht auf irgendjemanden, nein, auf ausgesuchte Ziele, nicht einmal auf Personen. Die Freunde sollten in kleinpolitische Kreise eingeschleust werden um den Klimawandel anzusprechen. Den Fischfang zum Beispiel, der die gesamte Nahrungskette der Natur bedeutet. Ist der einmal nicht mehr intakt, vergiß jeden lebenden Planeten, egal wie sein Name lautet. Sie sind nicht auf Gehöhr gestoßen. Wie auch, die Erde befand sich seit der Erscheinung des Homo sapiens im Rausch, in einem Geldrausch. Mit vernünftigen Argumenten konnten die jungen Leute natürlich niemanden aus der Politik überzeugen, etwas zu ändern. Jeder ist, wie gesagt seines eigenen Glückes Schmied, und für ca. 90 % der Menschen des Planeten Erde ist Glück nun einmal Geld. Die Kleinpolitiker konnten sich natürlich nie gegen die Großen, die durch die Großfabrikanten dirigiert wurden, durchsetzen und ihre eigene Meinung behaupten. Und das war Achims, Hackie's und so weiter Pech, denn diese jungen Leute wußten genau um was es geht, der Natur auf der Erde wegen, für uns!"

„Du hast für uns gesagt, du hast dich verraten!"

Selim tanzte seinen Triumph vor Jonas Augen wild aus.

„Ich habe überhaupt nichts verraten!" Jonas winkte einfach ab. „Sie probierten einen Kampf gegen Windmühlen den sie verloren. Sieh hin!" befahl Jonas. „Hier werden sie gerade erhenkt. Beil runter, Rübe ab, fertig!"

„Super! Ich bin gottfroh, deine Emotionen nicht zu besitzen!"

Selim stand auf, wandte sich ab und schneuzte die Nase, was als Zeichen der Verachtung zu verstehen war.

„Gut, okay, es entsteht vielleicht der Eindruck, daß ich ein bißchen mitverantwortlich bin für diese Dinge, die du siehst und nicht richtig einordnen kannst. Ja, ich habe so ein Kästchen, ja, ich weiß ein bißchen mehr Bescheid über manche Dinge. Nein, ich habe nicht die geringste Ahnung warum ich mit so einem Nörgler wie dir auf diesem Stein, wie du es nennst, herum sitze und wie lange es dauern wird bis man mich von dir befreit! Ja, ich weiß mehr als du", sagte Jonas etwas kleinlaut, „denn ich bin auf einer anderen Bewußtseinsebene, ich kann mich mehr an die Vergangenheit erinnern, und das auf mehreren Planeten. Du kannst dich nur stückweise an die Erde erinnern, und natürlich an deine Traumwelten, die Paralelluniversen. Davon habe ich mehr im Gepäck!"

„Mußt du soviel verraten?"

Jonas vernahm eine Stimme aus dem Hintergrund. Niemand konnte sie hören, wer sollte auch, es war doch nur Selim bei ihm, dachte Jonas.

„Täusche dich nicht und sei immer vorsichtig!", mahnte die Stimme.

Jonas hatte das Böse aus den schwarzen Löchern wohl anscheinend vergessen. Der Ururur und so weiter wollte vermutlich zur Kenntnis geben, daß er auch noch in Reichweite war. Auch Jonas war vor dem Bösen nie gefeit. Einmal erschlich es sich in sein Hirn und er lief in einer anderen Welt auf einer Schule, oder an einem anderen menschenreichen Ort Amok, ohne daß es ihm bewußt war. Ihm wurde es erzählt.

„Okay, ich zeige meinem Mitbewohner seine geliebte Erde."

„Was ist los?" Selim zupfte an Jonas Ärmel.

„Ähh, nichts, entschuldige bitte. Ich war gerade nicht beim Thema!"

„Das Gefühl hatte ich auch!"

„Was hältst du von einer kleinen Pause, eine Art Picknick?

Selim öffnete seine Taschen. „Ich habe noch zwei Schokoriegel."

„Vergiß es, machen wir weiter. Erst jammerst du mir die Taschen voll, du möchtest zurück auf deine geliebte Erde, kaum zeige ich dir ein wenig aus dem Tatsächlichem, möchtest du ein Picknick veranstalten, witzig!"

„Ja, ich komme mit dem, was du mir gezeigt hast noch nicht so richtig klar!"

„Noch nicht richtig klar?" Jetzt war Jonas kurz vorm Ausflippen. „Was mußt du noch alles sehen?"

„Vielleicht suggerierst du mir das alles nur!"

„Okay, ich habe verstanden!"

Knopfdruck.

„Das ist Australien, Erde. Zeit? Wei?? ich nicht so genau. Vielleicht vor 10000 Jahren, mehr oder weniger, wen interessiert es!"

Wie riesige Dinosaurier wälzen sich behäbig die tonnenschwere Tieflader über den staubigen Wüstenboden. Wo sich vor Jahrhunderten noch ein üppig bewachsenes Paradies mit einer Artenvielfalt von Flora und Fauna befand. Die Bagger rissen innerhalb kürzester Zeit tiefe Wunden in die Erde und sorgten dafür, daß sich die Natur nie wieder erholen konnte.

‚Nach mir die Sintflut' war die Devise der menschlichen Bevölkerung. Gold, Diamanten, Reichtum – ‚Scheiß doch auf die Umwelt, davon haben wir doch genug!' – Russland, die Taiga, dasselbe Szenario wie in Australien. Nur der eiskalte, aufsteigende Nebel bildet den Kontrast. Die abertausenden Hektar Wald wurden einfach abgefackelt, denn hier gibt es Geld zu machen. Öl, riesige Erdölvorkommen. Die Bohrtürme treiben ihre Rohre immer weiter ins Erdinnere. Es waren keine kleine Nadelstiche mehr, wie zu Beginn der Förderung, alles genau wie in den Arabischen Staaten, den USA und überall dort, wo es galt, das schwarze Gold an die Oberfläche zu pumpen.

Die Menschen hatten während ihrer gesamten Existenz, die sie vom großen Vater geschenkt bekamen so viele Äonen Zeit, etwas aus sich zu machen und sich die Natur als Vorbild zu nehmen, um von ihr zu lernen. Was haben sich diese Kreaturen nun angetan? Okay, sollten sie sich selbst vernichten, kann man dies hinnehmen. Doch die Tiere und Pflanzen haben so etwas nicht verdient. Und wer ist daran Schuld?

Wer hat das Geld erfunden, hinter dem alle herrennen wie die Geisteskranken? Wer stellte als erster Schwarzpulver her, das die Basis sämtlicher neueren Kriege bildet? Gut, Kriege gab es auch in der Steinzeit, doch da ging es darum, seine Territorien zu verteidigen Es liegt doch auf der Hand! Bei allem, was sich auf dem Erdball abspielte, ging es doch nur darum an Geld und Macht zu kommen! Und das wegen der paar lächerlichen Jahre, die man hier verbringen konnte. Wer hat denn den Menschen so einen Floh ins Hirn gesetzt? Gott? Das wage man zu bezweifeln! Jedes normale Tier, dem der Mensch nie ein klein wenig Intelligenz zusprach, tat in seinem Leben je etwas böses. Es lebte von dem was es benötigte, brachte niemals mutwillig jemanden um oder beanspruchte mehr als ihm zustand.

5

„Ella. Ella!"

Ella sah aus ihrem Fenster und beobachtete ihre Großmutter, wie sie den Garten pflegte.

„Na komm schon raus!" rief sie, während ihr Oberschenkel einen Spaten stützte um den Händen Platz zum winken zu lassen. Heute war Ella's 10. Geburtstag und sie hatte einen Wunsch frei gehabt.

„Einen Apfelbaum, ich wünsche mir einen Apfelbaum!" flüsterte sie ihrer Oma am Abend zuvor ins Ohr, als sie heimlich in ihr Bett gekrochen war, so daß es die Mutter nicht merkte. Die Mutter mochte es nicht, wenn Ella so spät nachts noch mit ihrer Großmutter verbrachte. Am nächsten Tag war Schule, und wenn Großmutter noch bis in die späte Nacht die Gartengeschichten erzählte, hatte Ella alles mögliche im Kopf, nur keinen Unterricht.

„Ich werde Gärtnerin, so wie Oma, dazu braucht man den ganzen Schulkram nicht!"

Ella warf ihren Füllfederhalter auf die Seite, klappte das ungeliebte Mathematikbuch zu und rannte hinaus in den Garten.

„Siehst du, ich habe deinen Wunsch erfüllt!" sagte die Großmutter und strich ihr liebevoll durch das Haar.

„Das soll ein Apfelbaum sein? Dieses dünne Stück Pflanze?"

„Stell dich nicht so dumm!" meinte Großmutter lächelnd. „Du bist auch nicht viel dicker, du mußt auch erst wachsen, wie dieses unscheinbare Pflänzchen. Eines Tages wird aus diesem Stückchen Stock mit Erde dran ein wunderschöner Apfelbaum. Er wird immer größer und größer und dann wird er dir schöne, gesunde, rotbackige Äpfel schenken. Genau wie dir alle Pflanzen hier im Garten die schönsten Geschenke machen werden, die du dir nur vorstellen kannst, denn, mein Kind, du mußt dir immer eines vor Augen halten, die Pflanzen sind die wichtigsten Gaben, die uns der Herrgott beschert hat. Schau da drüben, die mit den weißen Blüten, das sind Kartoffeln, ein Grundnahrungsmittel. Haben wir genug von ihnen müssen wir nie Hunger leiden. Dort," sie zeigte auf ein anderes Beet, „Karotten."

Bald beschrieb die Großmutter den ganzen Garten, erklärte Ella jedes Pflänzchen, jedes noch so unwichtiges Stück Grünzeug und wußte alles genau zu beschreiben. Welche Wirkstoffe welcher Pflanze gegen welche Krankheit und gegen welches Gebrechen es half. Ella hörte ihrer Oma stets aufmerksam zu, bis sie nach einigen Jahren fast soviel über Pflanzen wußte wie ihre Großmutter.

Im Sterbebett zog sie mit ihren immer noch kräftigen Fingern Ellas Kopf zu sich, strich ihr die Tränen von den Wangen und drückte ihr ein kleines Schächtelchen in die Hände.

„Das ist das wertvollste was ich besitze. Bewahre es sehr gut auf. Eines Tages wird diese Schachtel das Wichtigste sein das es gibt. Wir werden uns bald wieder treffen, wann und wo kann ich dir nicht sagen. Aber sei nicht traurig und bewahre diesen Schatz!"

Dann schloß sie die Augen.

So ein riesiges Erdbeben konnten sich nicht einmal die Seismologen erklären. Auf dem gesamten Erdball schlugen die Zeiger bis über die höchste Stufe der Skala.

„Was tust du da?", wollte Selim wissen und sah Jonas vorwurfsvoll an.

Jonas stand explosionsartig auf und donnerte Selim die Faust ins Gesicht. Beide starrten sich völlig außer Atem an. Selims Augen waren voller Angst, Jonas verzweifelt und fragend. Die nächsten Minuten trafen sich nur ihre Blicke. Kein Wort wurde gewechselt.

„Ich rede wohl an diese Wand hier!" Jonas schlug völlig außer sich gegen die durchsichtige Diamantabschirmung.

„Ja, was denkst denn du was ich hier mache? Das ist keine Filmvorführung, das ist real, deine Erde, oder besser gesagt unsere."

Jonas ließ sich auf die Knie fallen und begann zu schluchzen. Selim schaute ihn eine Weile an, denn er wußte nicht wie er reagieren sollte. Dann legte er einen Arm auf Jonas Schultern und schwieg für einige Minuten. Vor ihm spielte sich das ganze Chaos der Erde ab.

Manchmal spielten die Szenen im Mittelalter, mal in der Gegenwart, soweit man diese als so bezeichnen konnte, dann fuhr ein großes Segelschiff auf einem Ozean. Selim wollte dem keine Aufmerksamkeit schenken, doch dann stutzte er.

„He das bin doch ich!"

Selim glaubte sich auf dem Schiff erkannt zu haben und sprang wie von der Tarantel gestochen hin und her, mit den Armen wie wildgeworden den Bildschirm betatschend.

„Natürlich bist das du, in einem anderen Leben!"

Jonas rappelte sich auf die Beine und sah nur gelangweilt hin. Selim war völlig außer sich.

„Ja, und was sagst du dazu?"

„Was soll ich dazu sagen? Du warst einmal als Sklave auf einem Segelschiff, und wenn du noch ein wenig Geduld beweist siehst du in ein paar Jahren, wie du auf einer Veranstaltung abgestochen wirst"!

„Und du tust nichts dagegen?", fragte Selim verzweifelt.

„Doch, ich steche dich gleich noch mal ab oder ich erdrossele dich. Kapiere doch endlich, das ist eine der Welten, der Leben, die wir alle durchlaufen!"

„Nein, nicht alle, diejenigen, die Artgenossen umbrachten, nicht."

„Dann hast du ja Glück gehabt, daß du mich gerade verschontest!", grinste Selim leger in Jonas Gesicht.

Das schien ein herrlicher Tag zu werden, dachte Chong Minh, als sie ihren Ochsen vor den Pflug spannte. Das das Tier so mager war hatte auch seine Vorteile. Keiner ihrer Sippe käme auf die Idee, das letzte verbliebene Hilfsmittel für die Feldarbeit für eine Hochzeitsfeier einer ihrer Kinder zu opfern. Ihr Mann war vor einigen Monaten gestorben. Ein Arbeitsunfall, hieß es. Doch was die Regierung in Peking offiziell rausrückte war erstens meist gelogen und zweitens immer sehr schleierhaft. So war Chong Minh auf den Ochsen angewiesen, der nach seinen Möglichkeiten das Beste gab um die spärlichen Felder mit ihr zu bewirtschaften. Seit einigen Wochen wurde die Arbeit immer beschwerlicher, denn der Grundwasserspiegel schien stetig zu steigen, vielleicht war es auch nur Einbildung. Kräftiger wurden Chong Minh und ihr Ochse während des erbärmlichen Jahres auch nicht. Hunger war überall, obwohl die Regierung in ihren Lautsprecherdurchsagen im Ort immer Besserung versprach.

Heute war es trotz des schönen Wetters besonders schwierig auf dem Feld. Der Ochse versank, je weiter sie sich zum Mittelpunkt des Feldes begaben, immer tiefer im Schlamm. Natürlich, hier und dort gab es kleinere Erdlöcher von denen Wasser nach oben drang, doch die benötigte man auch, um in trockeneren Tagen die Pflanzungen feucht zu halten. Chong Minh machte sich deshalb keine Gedanken und trieb den Ochsen weiter voran. Als ob jemand an ihren Beinen zog ging es rasch in die Tiefe. Chong Minh wollte noch um Hilfe rufen. Die Rufe hätte in dieser einsamen Gegend sowieso niemand gehört.

Chong Minh konnte sich nicht mehr bemerkbar machen. Der Schlamm des Ackers hatte ihren Mund mit feuchter Masse gefüllt und drang langsam in ihren Schlund. Das ist die Erde, die dich einmal ernähren wird, hörte sie noch ihren Vater sagen, dann sah sie wie ihr Ochse laut muhend zuerst durch den halbflüssigen Acker und dann, wie sie selbst, im Grundwasser ertrank.

Der Tag war heute außergewöhnlich warm, viel wärmer als sonst, dachte Arvak, als er in seinem Kajak lospaddelte. Es gab öfters Tage, deren Temperatur knapp an die Minus 2 Grad gingen, auch hier im Polarwinter. Doch heute war die Quecksilbersäule bestimmt auf Plus 3 oder 4 Grad geklettert. Sein Gewehr hatte der Inuit wohlweislich zuhause gelassen. Bei diesem Wetter könnten die Schallwellen eines Schusses katastrophale Folgen haben. Ganz vorsichtig tauchte er seinen Paddel in das spiegelglatte Meer, immer nach Beute Ausschau haltend. Wie aus dem Nichts erschien neben seinem Gefährt ein Delphin, dessen Rückenpartie auffällig viele Narben aufwiesen.

Dich lasse ich in Ruhe, dachte Arvak. Du hast bestimmt schon einige Kämpfe bestehen müssen.

Aus der Ferne hörte Arvak Geräusche, die er nicht zuordnen konnte. Sie kamen immer näher und durchdrangen jäh die Stille des Eismeeres. Dann sah er den Grund des Chaos, immer schneller werdend, hinter einem Eisberg hervor kommend. Es war eine kleinere Jagdgruppe, etwa 10 Mann mit europäischen Hightech-Klamotten bekleidet, auf 6 Ps Motorbooten. Sie verfolgten, lauthals grölend eine Walschule von 15 bis 20 Tieren. „Feuer!" schrie einer, und ein wildes Geballer begann. Mindestens 10 Maschinengewehre spuckten ihre tödlichen Kugeln gleichzeitig aus.

Das geht nicht gut aus, dachte Arvak noch als er die Gletscher rechts und links vor ihm kalben sah, von einem Eisfelsen tödlich getroffen wurde und im Meer versank.

„Da kommt eine Tsunami Warnung rein! Irgendwo im Nordpolarmeer ist ein Eisberg eingestürzt!"

Der Ingenieur kratzte sich sorgenvoll die Stirn.

„Wir befinden uns hier in Singapur, was interessiert mich da ein Eisberg am Nordpol!" entgegnete der Bauleiter und lächelte ihn fast mitleidig an. „Hier wird heute ein neuer Rekord aufgestellt. Der höchste bewohnbare Turm der Welt, 950 Meter hoch. Eisberg, pah!" Er winkte ab.

Es war schönster Sonnenschein als Jussuf die kleine Moschee, die die Singapuries gnädigerweise für ihre muslimischen Leiharbeiter bauen ließen, betrat. Jussuf war die Größe des Gotteshauses, egal, er hatte beten können und ging dankbar an seine Arbeit zurück. Zufrieden bestieg er den Lift, der ihn in 800 Meter Höhe zu seinen Arbeitskollegen transportieren sollte. Steelman war zwar kein Traumjob, doch es brachte das Geld um Frau und die Kinder in Anatolien zu ernähren. Die Fahrt nach oben dauerte einige Minuten und Jussuf lehnte sich heraus, dachte an seine Familie und bestaunte die schöne Stadt aus der Vogelperspektive. Ein lautes Geräusch, wie von einem herannahendem Zug, unterbrach seine Träume, woher kam es?

Dann sah er sie, die Riesenwelle. Ihre Höhe war nicht zu schätzen. Erst begrub sie Sentosa in der Straße von Singapur unter sich, dann Alexandra, und als sie auf Tangin Hill donnerte sah Jussuf, wie sich am Fundament des Turmes die Erde auftat. Blitzschnell zog es ihn mitsamt dem Turm in die Tiefe, wo er von einem gigantischen, nach oben steigenden Feuerball erfaßt wurde. Die Erdplatte konnte die hohen, schwergewichtigen Gebäude nicht mehr tragen.

„Was ist mit diesen Menschen? Warum bekommen wir nur diese Vier zu sehen?", wollte Selim von Jonas wissen.

„Keine Ahnung!"

Selims Blick war skeptisch. „Ich weiß es wirklich nicht!"

Jonas betätigte einen weiteren Knopf.

Die Ereignisse auf dem Bildschirm überschlugen sich geradezu. Es wurden so viele Katastrophen in rasantem Tempo projeziert, daß aus dem einen großen Bild viele kleinere entstanden, die jeweils ihr eigenes Szenario zeigten. Auf einem konnte man erkennen, wie die Diamantminen auf Australien in sich zusammenbrachen. Riesige Staubwolken vermischten sich mit Feuersbrünsten, stoben über den Kontinent und erstickten jedes Detail in sich. Inselgruppen und Archipele wurden so rasant von Wassermassen überspült, als ob sie noch nie existiert hätten. Die Randgebiete Afrikas und der amerikanischen Staaten, waren nur noch eine Wasserwüste. Teile Europas, wie Holland und Norddeutschland, waren genauso wie die Britischen Inseln, Portugal und halb Spanien nicht mehr zu sehen. Die Alpen, Appalachen, das Himalaja Massiv und die Anden, nur noch nichts sagende, kleine Bergrücken.

„Urgroßvater, bist du für diese Dinge verantwortlich?" setzte sich Jonas mit seinem Vorfahren telepathisch in Verbindung.

Der Großvater zögerte einen Moment mit seiner Antwort.

„Denkst du wirklich wir wären für alles was auf den Planeten geschieht, verantwortlich? Wir formen sie, hauchen ihnen etwas Leben ein. Und wenn wir merken, daß die Einwohner nicht so richtig klarkommen helfen wir Ihnen ein wenig auf die Sprünge, mehr nicht. Mag sein, daß wir bei Kleinigkeiten, wie zum Beispiel des Erfindens nautischer Meßgeräte, der Uhr oder der Glühbirne ein klein wenig dazu beigetragen haben. Leute wie Pawlow, Leo da Vinci oder Edison erhielten in ihren Träumen immer einen Wink von uns. Doch Geld, Schwarzpulver, Schußwaffen oder diese dreckige Industrie ist auf der Terrianern eigenen Mist gewachsen. Diese Verantwortung kannst du uns nicht in die Schuhe schieben. Ende der Durchsage! Erledige deinen Job und laß mich die nächsten 10.000 Jahre in Ruhe, ich habe noch andere Dinge zu erledigen!"

Der Großvater war nicht mehr vernehmbar.

Als Ella erwachte, war es stockdunkel. Sie war benommen und versuchte aufzustehen, doch der Boden unter ihren Beinen wankte. Nicht besonders schlimm, doch es bereitete ihr Schwierigkeiten festen Stand auszubalancieren.

„Na, endlich wieder bei Sinnen?" fragte da eine freundliche, weiche Stimme, doch Ella konnte sie nur vernehmen, nicht hören.

„Wo bin ich?"

„Du bist in mir, ich bin ein Wal und du bist nach menschlichem Ermessen tot!"

„Das kommt mir doch irgendwie bekannt vor!", dachte Ella bei sich.

„Es mag schon so sein. Doch ich möchte dir jetzt nicht so viel erklären, nur ganz kurz. Wir befinden uns in einem Ozean, du verwandelst dich in ein anderes Wesen, vermutlich in einen Delphin, ich verwandele mich auch in eine Gestalt, die aus diesem Teil des Universums verschwinden muß, und zwar recht zügig!"

„Universum? Was ist das?"

„Keine Zeit für lange Erklärungen, einzig nur das. Wenn ich dich ausgespuckt habe, befindest du dich sehr nah am Meeresgrund, tauche so weit du kannst nach unten und suche nach einer kleinen, grünen Schatulle. Sie ist aus Holz und auf ihr steht mit goldener Schrift der Name Ella!"

„Aber das ist doch mein Name!"

„Dein Name ist Selma!", meinte die Stimme streng. „Vertrödle keine Zeit, und wenn du die Schachtel gefunden hast, halte sie wie einen Schatz und paß gut auf sie auf, denn sie ist mehr wert als eines deiner Leben, entschuldige, als dein Leben!"

„Und wie werde ich sie finden? Ich kenne mich doch im Meer nicht aus!"

„Dein Instinkt wird dich leiten!"

„Du bist doch meine Großmutter, ich habe deine Stimme wieder erkannt!", wollte Selma schreien, doch da schwamm sie schon unter Wasser uns sah, wie sich der Wal verformte und beinahe raketenartig aus dem Wasser schoß.

6

Selma schwamm so vor sich hin und beobachtete ihre feuchte Umgebung. Fische waren keine zu sehen, überall nur Quallen. Eigentlich nahm sie ihre neue Umgebung gar nicht richtig wahr. Sie versuchte sich an eine kleine grüne Schachtel zu erinnern, doch von so einem Ding wußte sie nicht das geringste. Plötzlich bemerkte sie einen Mitschwimmer neben sich und musterte ihn genau. Während ihrer Zeit unter Wasser hatte sie öfter ihren Körper betrachtet. Ihr Nachbar sah fast genauso aus, es mußte ein Delphin sein, nur hatte dieser jede Menge Narben im Rückenbereich. Der arme Kerl muß schon viel in seinem Leben mitgemacht haben, dachte Selma. Warum grinst er denn so komisch?

Die beiden schwammen an einem Schiffswrack vorbei und Selma konnte ihr Spiegelbild in einer noch fast unzerstörten Bullaugenscheibe erkennen.

„Hallo, ich bin Goldie!"

„Selma anscheinend, angenehm!"

Goldie kam auf Selma zugeschwommen und hielt seine Schnauze direkt an Selmas, als ob er sie küssen wollte. In diesem Moment formten sich ganz langsam Bilder in ihrem Kopf zusammen. Zuerst etwas verschwommen, dann wurden die Konturen klarer. Selma sah ein kleines Mädchen mit etwa 10 Jahren, die mit einer alten Frau, vermutlich deren Großmutter, in einem netten Gärtchen etwas einpflanzte. Als sie das erledigt hatten, beugte sich die ältere Frau zu dem Mädchen herunter und drückte ihr vorsichtig eine kleine Schachtel in die Hände. Die Frau schloß ihre Finger um die des Mädchens und schaute sie dabei sehr streng an, als ob das Schächtelchen etwas ganz besonderes wäre. Die Großmutter sagte, in diesem Fall unverständliche Worte und das Mädchen nickte. Dann strich ihr die Frau warm lächelnd die Hand über ihre Haare.

Die nächste Szene, die Selma beobachten konnte, ließ sie erschrocken zusammenzucken. Der kleine entzückende Garten wurde von einer riesigen Flutwelle überrollt. Im gesamten Umkreis stand kein Haus und keine Bäume mehr. Die Wälder, an die sich Selma während der Szenen, die sich vor ihr abspielten, langsam wieder erinnern konnte, standen urplötzlich alle unter den Wassermassen begraben.

Ein kleines grünes Schächtelchen schwebte, leicht im Wasser tänzelnd, sich einige Male um sich selbst drehend direkt an Selmas und Goldies Köpfen vorbei und blieb, Staub aufwirbelnd im sandigen Meeresboden stecken. Vorwurfsvoll und wütend starrte Selma Goldie an, der schüttelte nur mit seinem Kopf.

„Nimm deine Schachtel. Es wird Zeit, daß wir hier verschwinden!"

Die Schreckensbilder auf den Monitoren wurden immer schlimmer und schlimmer. Erstmals konnten Selim und Jonas erkennen, daß nicht nur einzelne Menschen von dem Inferno betroffen waren. Beim Zusammenbruch des chinesischen Stolzes, dem Jang Tse Kiang Stausees wurde die Bevölkerung wie Bäume von einer riesigen braunen Masse fortgespült. Die Häuserdächer hüpften wie kleine Hütchen auf den Wellen. Beim Hoover in den USA und anderen Stau-wehren, verhielt es sich nicht anders. Gierig machten sich die großen Meerestiere über die Ertrunkenen her. Fische waren schon lange Fehlanzeige in deren natürlichen Raubzügen.

Jetzt herrschte in den Meeren keine normale Gewichtsverteilung mehr. Viele Millionen Jahre waren vergangen, alles konnte und wollte die Natur ausgleichen, jetzt war das Faß voll. Die abgebrochenen und ertrunkenen Länderränder und Inseln drückten nun global auf die gesamte Tektonik. Der Mariannengraben, die Andreasspalte, die Europäische, die Asiatische und wie sie alle hießen, brachen auf und feuerten ihre Gase zuerst an die Wasseroberfläche und dann in die noch vorhandene Atmosphäre.

Selim wollte nicht mehr hinsehen, doch dieses Inferno ließ ihn nicht mehr los. Ab und zu hielt er seine Hände vors Gesicht, dann öffneten sich zwei Finger und er sah, wie Raketen in Form von Walen aus der Atmosphäre geschossen wurden. Andere Objekte waren bläulich und hatten die Form von Untertassen, wie in einem Science Fiction Film. Traurig versuchte sich Selim von all dem abzuwenden und sah ein sehr friedliches Bild. Das beruhigte ihn. Ein unscheinbarer kalter, roter Planet in der Nähe Terra's. Selim sah ihn genau an. Erst nach einiger Zeit bemerkte er ein riesiges Gesicht, wie aus Stein gemeißelt, auf der Oberfläche. Es hatte Tränen unter den Augen.

Die Methangaswolken stiegen nun immer höher und bauten im Schnelltempo die schützenden Hüllen der Erde ab, bis es gar keine mehr gab. Sturm und Regen beherrschte die eine Seite des Planeten, Ödnis und Trockenheit die andere.

„Tja, Australien hat sich verschoben und wie du siehst, die Erdachse auch!" Jonas hob seine dreifingrige Hand, zog die Mundwinkel zusammen und schätzte.

„15 bis 20 Grad, was meinst du Selim?"

„Ääh, weiß nicht!"

„Du armer Freund, du bist perplex, stimmt's?"

„Nein, total überfordert!"

„Du wirst noch sehen, wie sich der Mond an Terra nähert und die Gravitation vollends durcheinander bringt. Was dann noch geschieht wissen die Götter. Ich muß jetzt verschwinden, sonst könnte es mir ergehen wie damals diesen hier!"

Einige der Raketenwale drehten ihre Loopings vor Freude, wie damals im Ozean aus dem sie vertrieben wurden. Andere hatten weniger Glück, sie zerschellten an irgendwelchen Objekten, die sich da draußen befanden.

„Du wirst mich doch hier nicht alleine lassen!"

Selim heulte Rotz und Wasser und versuchte sich an Jonas' Jacke fest zu halten. Tröstend strich der Selim über den Kopf.

„Keine Angst, mein Freund, wir werden uns sehr oft wiedersehen, vielleicht öfter, als dir lieb ist!"

„Gerade war ich noch ein anderes Wesen!" sagte Selma als sie an sich herunterschaute.

„Ich doch auch!"

Chong Minh, Arvak und Jussuf tasteten sich zuerst selbst ab, dann gegenseitig.

„Da seid ihr ja endlich!" Jonas atmete erleichtert auf. „Wie lange ich auf euch gewartet habe weiß ich nicht, doch es war lange genug! Hallo Selma!" Selma ließ beinahe ihre Schachtel fallen.

„Du bist Jonas!" sagte sie erfreut und überrascht gleichzeitig. „Dich kenne ich!"

„Dann hat entweder mein Urahn oder deine Urgroßmutter die Klappe nicht halten können!"

„Ich freue mich!"

„Ich mich auch!" Jonas drückte Selma einen dicken Kuss auf die Lippen.

„So, Selma, deine Strafe ist abgegolten, ich muß gehen und du wirst deinen neuen Freunden eine neue Heimat geben!"

„Ich? Wie soll denn das gehen?"

„Schau in dein Kästchen!"

Vorsichtig hob Selma den Deckel an und ihre Augen wurden immer größer.

„Sind das Pflanzensamen?" Selmas Stimme überschlug sich vor Freude.

„Seht mal!"

Selma wandte sich Jussuf und den anderen zu.

„Hier haben wir verschiedene Samen, das ist Apfel, das ist Kartoffel, das ist ..."

Sie erklärte so euphorisch und begeistert, daß sie alle anderen ansteckte.

„Wir müssen uns an der Oberfläche ein schönes Stück Land suchen, es muß feucht und nicht zu trocken sein..."

Nur Selim bemerkte, daß Goldie nicht bei ihnen strandete und wie Jonas lautlos, ohne Abschied, verschwand.